Theodor Aalberger

Die Chronik der Latos-Vampire
Der Fluch des Schwarzen Moores

Alle Personen und Geschehnisse dieses Romans sind frei erfunden. Ähnlichkeit mit lebenden Personen und tatsächlichen Geschehnissen wären rein zufällig.

Copyright © 2018 by Theodor Aalberger, Völklingen
Covergestaltung by Theodor Aalberger
Herstellung und Verlag:
BoD- Books on Demand, Norderstedt
Überarbeitete Auflage 2
ISBN: 978-3-7347-7329-7

Die Chronik der Latos-Vampire
Der Fluch des Schwarzen Moores

FSC
www.fsc.org
MIX
Papier aus ver-
antwortungsvollen
Quellen
Paper from
responsible sources
FSC® C105338

Kapitel 1

Die Geschichte der Latos – Vampire

»Seit 6000 Monden* lebt das Geschlecht der Latos - Vampire an einem geheimen Ort, auf dem Stern, den die Menschen als Erde bezeichnen.
Seit 5400 Monden führen wir einen Krieg gegen uns selbst.
Seit 5400 Monden kommt es immer wieder dazu, dass die ersten Nachkommen der Begründer unseres Geschlechtes, nach der absoluten Macht greifen.
Seit jenen Tagen, im frühen 16. Jahrhundert, ließ mein Bruder Sebastian keine Möglichkeit aus, die Menschheit in ihr Verderben zu führen.
Seit jenen Tagen ist es meine Aufgabe, dafür zu sorgen, dass ihm dies niemals gelingen wird.«
Aber immer schön der Reihe nach.

---

* 6000 Monde = 500 Jahre

Zuerst möchte ich mich vorstellen:

Mein Name ist Lynx.

Ich bin die erste Tochter meiner Eltern Theodor und Liv, welche die Ersten waren, die sich von den anderen Genossen unserer Art unterschieden haben.
Wir sind Vampire.
Latos - Vampire.
Wir leiden an einer Blutmutation, die dazu führt, dass wir unter besonderen Umständen auch zutage unsere volle Kraft entfalten können, und so nicht nur zu Nachtzeiten, wie unsere Verwandten, auf die Jagd nach dem roten Gold gehen können.
Hierzu wäre es lediglich erforderlich, dass wir das Blut solcher Menschen trinken, die eine gleichartige Blutmutation in ihren Erbanlagen mit sich tragen.
Das Verheerende für die Menschen ist, dass wir diese besonderen Exemplare eurer Art auf eine Entfernung von bis zu 350 Meilen riechen können.
Zum Glück für euch Menschen besitzt nur einer von 38 Millionen diese Mutation.
Aus diesem Grund verbringt Sebastian die meiste Zeit damit, diese Leute aufzuspüren.
Schon immer ist es sein größtes Begehr gewesen, einen solchen Menschen zu finden und ihn für seine Sache zu gewinnen, damit er ebenso wie ihr, auf Erden wandeln kann.

Sowohl bei Tag, als auch in der Nacht.
Sein Wahn dies zu erreichen geht sogar
soweit, dass er unsere Eltern getötet hat.
Dies ist vor etwa 5196 Monden geschehen.
Mit einem schwarzen Mantel verdeckt, hat er
die Ruhestätte unserer Erzeuger betreten
und hat ihre Schlafstätten geöffnet, welche
sich in einer kühlen Höhle befunden haben,
die vor jeglicher Sonneneinstrahlung
geschützt gewesen ist.
Zusammen mit zwei Lakaien hat er die Särge
der Eltern nach draußen getragen, damit er
dort mit ansehen konnte, wie die Strahlen
der mächtigen Sonne ihre Körper in ihrer
Gänze verbrennen.
Als ich den Ort dieser grausigen Tat erreicht
hatte, haben die drei Feiglinge die Flucht
ergriffen.
Mit seinen letzten Atemzügen hat mein Vater
mir die Bürde auferlegt, alles in meiner Kraft
stehende zu unternehmen, damit Sebastian
sein grausiges Vorhaben niemals
verwirklichen werden kann.

Seitdem verbringe ich meine Zeit damit,
darauf zu achten, dass mein Bruder niemals
mit einem Exemplar, mit dem besonderen
Blut, zusammen kommt.
Es gilt noch besonders zu erwähnen, dass
eine Wandlung in einen Tag - Vampir von
uns nur vollzogen werden kann, wenn sich
uns der Mensch freiwillig.

Ein einfacher Überfall, dem ein Biss in den Hals folgen würde, hätte keine Wandlung zur Folge.
In den vergangenen 3000 Monden habe ich so schon den gesamten Planeten bereist und jeden noch so fernen und dunklen Fleck unserer Mutter Erde gesehen.
Hierbei habe ich Hunderte von Abenteuern erlebt und mich vielen Gefahren gegenübergesehen.
Leider gibt es auch immer wieder Tote zu beklagen, welche zumeist eben diese Menschen sind, die das besondere Blut in sich tragen.
Aber es kommt natürlich auch ständig zu Unglücksfällen die Menschen betreffen, die sich einfach in der Nähe der potenziellen Träger des roten Goldes aufhalten.
Deren Ableben wie einen natürlichen Tod oder einen gewöhnlichen Mord aussehen zu lassen, ist eine weitere meiner nicht unbedingt leichten Aufgaben.
Würden die Menschen erfahren, dass es Vampire wirklich gibt, ist das Risiko, dass Sebastian jemanden findet, der sich ihm freiwillig hingibt, einfach zu groß.
Es ist davon auszugehen, dass die Zahl derer, die ein Vampir werden wollen, in die Tausende geht. Somit wäre die Welt bald von Blutsaugern überbevölkert, was den Untergang der menschlichen Rasse und somit auch den Untergang der Vampire zur

Folge hätte, da wir dann keine Nahrung mehr finden würden.

Da sich mein Bruder, wie bereits oben beschrieben, niemals heimlich an seine Opfer heranschleichen kann, muss er sich für jeden Einzelnen einen besonderen Deal einfallen lassen, damit dieser ihn von seinem Blut trinken lässt.

Ein besonders interessantes Geschäft hat er zu Beginn des 19. Jahrhunderts mit einem Menschen geschlossen, bei dem eine ganze Familie ausgelöscht worden ist.

Hiervon möchte ich im Folgenden erzählen:

Die Geschichte hat sich in Fogwood Village, einem kleinen Dorf in England ereignet, welches am Rande eines großen Forstes und dem berüchtigten Schwarzen Moor liegt.

Wie schon unzählige Male zuvor ist es meinem Bruder wieder einmal gelungen, mich zu überlisten und sich meiner Aufsicht zu entziehen, wodurch es ihm gelungen ist, ein potenzielles Opfer zu finden, welches er für seine Zwecke hat gewinnen können.

Aber immer der Reihe nach:

Kapitel 2

Die Legende vom Schwarzen Moor

Noch zu Beginn des 19. Jahrhunderts erzählt man sich in dem kleinen Dorf Fogwood Village die Geschichte von Jack Miller, dem Massenmörder und geisteskranken Dentisten, der eines Tages alle Bewohner des Ortes getötet hat.

Der kleine Ort inmitten eines großen Waldgebietes, der aus zehn Bauernhöfen, einer Gastschenke, einer kleinen Kirche und einem Schmiedshaus besteht, ist zuvor wohl niemandem bekannt gewesen, der sich nicht zufällig in eben dieses Dorf verlaufen hat.

Alle Bürger und Bauern, die in dem kleinen Ort gelebt haben, sind durch den Zahnarzt auf grausamste Art um ihr Leben gebracht worden.
Er hat ihnen die Bäuche aufgeschlitzt, die Kehlen durchgeschnitten, ihre Köpfe von den

Körpern getrennt, oder ihre Schädel mit einem Schmiedshammer zertrümmert.

Dies ist vor ziemlich genau 1200 Monden in einer einzigen Nacht geschehen.

Erst als ein entfernter Bekannter aus London in dem kleinen Dorf angekommen ist, um seinen Vetter zu besuchen, ist das schreckliche Ereignis ans Licht gekommen.

Dies ist zwei Wochen nach der grausigen Tat gewesen.

Mit einer Hundertschaft von Detectives hat sich die damalige Polizei auf die Jagd nach dem Zahnarzt gemacht und ihn schließlich am Rande des Schwarzen Moores gestellt. Hier hat der Verrückte seine Morde gestanden und sich danach das Leben genommen, indem er freiwillig in den Sumpf gestiegen ist.
Bevor er sein Leben ausgehaucht hat, hat er geschworen, dass er sich an den Kindeskindeskindern seiner Jäger rächen werde.

Diese Rache werde er genau 1200 Monde nach seinem Ableben nehmen - so heißt es in der Überlieferung der Zeitzeugen.

Da Millers Familie die Taten ihres Verwandten nach altem englischen Recht hätte sühnen müssen, dies aber verweigert hat, hat das damals höchste Londoner Gericht entschieden, der Sippe all ihre Ländereien, Reichtümer und sonstigen Besitz zu enteignen, um die Verwandten der Toten zu entschädigen.
Von da an sind die Millers, die einst zu den reichsten und mächtigsten Leuten im Land gezählt haben, besitzlose Bettler und Hausierer gewesen.
Es hat gut und gerne 600 Monde, also zwei Generationen, gedauert, bis sie sich wieder halbwegs einen Namen gemacht haben und ihnen auch wieder so etwas wie Respekt und Achtung von der englischen Gesellschaft entgegengebracht worden ist.

Kapitel 3

Der Fluch des Jack Miller

Fogwood Village am 16. August 1800

Es ist Nacht und der dichte Nebel, der dem Ort seinen Namen gegeben hat, lässt einen Blick über eine Distanz von mehr als einer sieblet Meile nicht zu.
Im Diensthaus des Ortsvorstehers von Fogwood Village brennt eine kleine Lampe. Vier Männer stehen gebeugt über dem alten, morschen Schreibtisch, auf dem ein Vertrag zur Unterzeichnung bereitliegt.
Durch das Fenster der Stube kann Michael Short, der ortsansässige Bäckermeister, beobachten, wie ein Mann, der eine Jacke mit dem Wappen der Bürgermeisterfamilie trägt, und drei ihm nicht bekannte Männer einen Vertrag unterschreiben, diesen in ein Kuvert schließen und daraufhin versiegeln.
Unmittelbar danach blickt einer der Unbekannten zu der kleinen Glasscheibe und entdeckt den Beobachter.

14

Im ersten Moment glaubt er, dass sein Entdecker ihn mit rot glühenden Augen ansieht, was zur Folge hat, dass er sich umdreht und schockiert davon läuft.
Aus Furcht, dass ihm dieser seltsame Herr etwas antun könnte, rennt er so schnell er kann, in den Wald hinein, wo er sich in einer kleinen Höhle, bis zum Aufgang der Sonne versteckt halten möchte.

Kurz nach der Unterzeichnung des Kontraktes verabschieden sich die vier Herren voneinander und verlassen das Diensthaus des Bürgermeisters.
Danach begegnen sich zwei wohlbekannte Herren auf dem kleinen Marktplatz des Dorfes.
Hierbei handelt es sich um Thomas McGregor, den Schwiegersohn und Sekretär des Bürgermeisters und dessen Sohn Paul, die beide so tun, als hätten sie den jeweils anderen nicht bemerkt.
Thomas ist auf dem Weg zu seinem Haus, wo ihn seine Frau Virginia, welche das erstgeborene Kind des Ortsvorstehers ist, bereits erwartet.
Auf die Frage, was er denn noch so spät abends draußen treiben würde, erwidert der Ehemann nervös, dass noch etwas Wichtiges mit ihrem Vater zu besprechen gewesen ist, was absolut keinen Aufschub geduldet hätte.

Er erklärt ihr weiter, dass es sich hierbei um einen Vertrag gehandelt hat, den ihr Vater mit zwei Männern aus Australien, über die Verpachtung eines Teiles des Landes, um das Moor herum, abgeschlossen hätte.
Diese beiden Ausländer haben angegeben, dass sie noch heute Nacht wieder in ihre Heimat abreisen müssten, sodass es in dieser Sache eben kein Morgen mehr gegeben hätte.
Obwohl sie nicht so recht glauben will, was ihr Mann ihr da erzählt, serviert sie ihm seinen Hühnerbraten und die zwei Backkartoffeln, die ihr Gatte aber kaum anrührt.
Stattdessen blickt er immer wieder zum Fenster hinaus, gegen welches nun Regentropfen zu schlagen beginnen, was durch einen aufkommenden Sturm bedingt ist.
Aufgeregt steht Thomas auf und geht die vier Schritte, bis zur Glasscheibe, öffnet diese und schließt den Fensterladen, der aus einem morschen, löchrigen Holzbrett besteht.
Daraufhin erklärt seine Frau genervt, dass sie nun in ihr Bett gehen werde.
Der Ehemann dreht sich um und sieht sich einem finsteren Blick gegenüber, den er aber gekonnt ignoriert, indem er sich zu den anderen Fenstern begibt und hier ebenfalls sie Holzläden verschließt.
Nachdem dies geschehen ist, legt er sich ebenso in sein Bett, im hinteren Teil des

kleinen Hauses, wo er einzuschlafen versucht, was ihm allerdings nicht gelingen mag.
Stattdessen liegt er mit weit aufgerissenen Augen unter seinem Laken und lauscht dem Unwetter.
Als es ein lautes Donnern zu hören gibt, wandern seine Mundwinkel nach oben und ein breites Grinsen ziert das Gesicht des Mannes.
Nun dreht er sich um, schließt seine Augen und schläft entspannt ein.

Zu dieser Zeit im Schwarzen Moor:

Michael Short befindet sich immer noch in seinem Versteck.
Er ist erfüllt von Angst, was nicht nur durch das Unwetter bedingt ist, sondern auch damit zu tun hat, dass er von seinem Platz aus, einen großen Teil des Schwarzen Moores überblicken kann.
Er ist zwar nicht abergläubig, aber genau in dieser Nacht ist es 1200 Monde her, dass Jack Miller sich in dem Sumpf das Leben genommen und Rache an den Nachkommen seiner Jäger geschworen hat.

Der Wind pfeift laut durch die Bäume und einige der kleineren Naturgewächse können der Gewalt der Luftströme einfach nicht

standhalten, werden gebrochen und fallen gen Boden.
Short will sich gerade in dem Moment in die hinterste Ecke seiner Unterkunft verkriechen, als er seltsame Geräusche aus dem Moor wahrnimmt.
Schnell hat seine Neugierde die Angst übermannt und er schleicht leicht gebeugt zum vorderen Ende seines Unterschlupfes, wo er große Luftblasen aus dem Sumpf emporsteigen sieht.
Gebannt starrt er dorthin, reißt seine Augen weit auf und sein Verstand verbietet ihm einfach zu glauben, was er nun erkennen muss:
Da steigt ein Mann aus dem Moor hervor und nähert sich einem anderen, welcher am Rand der großen Wasserfläche steht.
Sofort, als der Mann, der sich am Rand des Sumpfes befindet, den Emporkömmling wahrnimmt, schreit dieser lauthals auf.
»Jack Miller!«, schreit er, »Es ist Jack Miller!«

An der Stimme kann Short erkennen, dass es sich bei diesem Kerl um den Bürgermeister von Fogwood Village handelt.
Wie versteinert sitzt der Bäcker in der Hocke, am Ausgang seiner Höhle - und harrt der Dinge, die da noch kommen mögen.
Er beobachtet, wie der Mann aus dem Sumpf einen Sprung aus der Mitte des Moores, hin zum Rand desselben vollführt.

Short kann es nicht glauben.
Dann muss er mit ansehen, wie Jack Miller ein Messer zückt, dem Dorfobersten den Kopf vom Rumpf abtrennt, sich danach über den Leichnam beugt und irgendetwas tut, was er allerdings, bedingt durch die Dunkelheit, nicht erkennen kann.
Sehr gut erkennen kann er allerdings, dass der Mörder sich nach einer Weile aufrichtet und genau in seine Richtung zu starren scheint.
Voll der Angst, einer Angst, wie er sie noch nie am eigenen Leibe gespürt hat, verkriecht er sich wieder in den hintersten Winkel seines Versteckes, schließt seine Augen und hofft, dass dies alles nur ein böser Traum sein möge, dass er alsbald einfach in seinem Bett aufwachen wird, wo ihm seine Frau bereits den Morgenkaffee und eine Scheibe Brot von gestern servieren wird.
Aber das Gegenteil ist der Fall.
Keine zwei Minuten später muss er einen Schatten, direkt vor seinem Versteck entdecken.
Seine Angst steigert sich von Moment zu Moment um ein Hundertfaches.
Seine Aufregung ist derart hoch, dass er in dem Augenblick, als er den Schatten die Höhle betreten sieht, und nachdem er einen scheußlichen „Zischlaut" vernimmt, der, wie von einer gigantischen Schlange ausgestoßen klingt, in eine tiefe Ohnmacht fällt.

Kapitel 4

Der nächste Morgen

Der Sturm hat sich verzogen und es ist ein wunderschöner Frühlingsmorgen in dem kleinen Dorf.
Nachdem ihr Mann in der Nacht nicht nach Hause gekommen ist, sucht Silvia, die Frau des Bürgermeisters, den Dorfpolizisten McAlbride auf, der sich daraufhin sofort an das nächstgrößere Polizeirevier wendet. Von dort werden dreißig Kollegen zur Unterstützung angefordert, die das kleine Dorf etwa zwei Stunden später erreichen.
Ihr erster Weg führt hin zum Moor, wo sie den Leichnam des Gesuchten nach einer sehr kurzen Weile entdecken.
Das Haupt des Toten steckt auf dem Stumpf eines abgebrochenen, kleinen Baumes und der Torso schwimmt inmitten des Gewässers.
Direkt, nachdem der Körper geborgen worden ist, beginnen die Polizisten mit dem Sichern der Spuren am Tatort, was allerdings so gut wie keine Ergebnisse bringen wird, da der Sturm und der Regen alle brauchbaren

Abdrücke und andere hilfreiche Zeichen, bis zur Unkenntlichkeit verwischt haben. Die beiden Beamten, welche die Leitung des Falles innehaben, machen sich nun schweren Herzens auf den Weg, in das, auf einem Hügel gelegene, Herrenhaus, in dem der Bürgermeister mit seiner Frau und seinem zweiten Kind gelebt hat, um den Hinterbliebenen die traurige Kunde darzubringen.

Dort angekommen stellen sich die beiden Polizisten der Witwe des ehemaligen Dorfoberhauptes vor:

»Mein Name ist Detective John Smart und dies hier ist mein Kollege Detective Mortimer Leech«, beginnt der 32-jährige Beamte.

»Guten Morgen«, grüßt Leech in traurigem Tonfall.
»Wissen sie schon etwas Neues über meinen Mann?«, erkundigt sich Silvia, während sie die beiden Polizisten mit einer Geste in das große, vierstöckige Haus bittet.

»Ja!«, erklärt Smart und sieht die Frau ernst an.

Silvia erkennt sofort, wie die Sache um ihren Mann steht, und beginnt lauthals zu weinen.

Sie lässt sich in die Arme des Unglücksboten fallen, der ihr tröstend auf die Schulter klopft und sie bittet, sich im nahegelegenen Wohnzimmer auf die alte, große Ledercouch zu setzen.

Als dies geschehen ist, betritt Paul, der 22-jährige Sohn des Verstorbenen, den Raum und erkundigt sich, was denn passiert sei. Die Polizisten klären den Mann auf, der daraufhin kreidebleich wird und völlig fassungslos dasteht.
Er ist kurz davor in Ohnmacht zu fallen, kann sich aber noch an einem, neben ihm stehenden, Stuhl festhalten.

»Hat einer von Ihnen eine Ahnung, wer Ihren Mann, beziehungsweise Vater, getötet haben könnte?«, will Leech wissen und zückt einen kleinen Block und einen Bleistift.

Die Mutter sieht ihren Sohn fragend an, woraufhin beide sich kurz darauf kopfschüttelnd wieder den Polizisten zuwenden.

»Weiss einer von Ihnen, wo sich der Bürgermeister gestern Abend aufgehalten hat? Wissen Sie, ob er sich im Moor mit jemandem treffen wollte?«, erkundigt sich Smart.

Erneut sehen sich die beiden Familienmitglieder an und verneinen die Frage des Beamten.
»Hatte ihr Mann irgendwelche Feinde?«, will Leech wissen.

»Nun ja, nicht dass ich wüsste. Eigentlich ist mein Mann bei allen hier im Dorf sehr beliebt gewesen.
Und außerhalb unserer kleinen Gemeinde hat er sich nur einmal im Jahr aufgehalten, wenn er zur Jahresversammlung der Bürgermeister nach London gefahren ist.
Aber er hat nie erwähnt, dass ihm dort irgendwelche Anfeindungen entgegengetreten sind«, erklärt Silvia.

»Mir wäre auch nicht bekannt, dass mein Vater irgendwelche Feinde gehabt hätte«, ergänzt Paul.

»Weiß meine Tochter denn schon bescheid? Sie steht ... äh stand ihrem Vater immer sehr nahe«, sagt die Mutter völlig litargisch.

»Sie sind unsere erste Anlaufstelle gewesen«, erklärt Leech.

»Wo lebt ihre Tochter denn?«, will Smart wissen.
»Sie lebt im Dorf.

Sie lebt dort zusammen mit Thomas McGregor in einem kleinen Haus.
Thomas ist der Sekretär meines Mannes gewesen.
Seine rechte Hand sozusagen«, führt Silvia aus.

»Dann werden wir ihrer Tochter und ihrem Schwiegersohn als Nächstes einen Besuch abstatten.
Aber vorher würden wir gerne noch wissen, wo Sie beide sich gestern Nacht aufgehalten haben und wann haben Sie den Verstorbenen das letzte Mal lebend gesehen?«, fragt Smart und Leech hält seinen Stift und seinen Block bereit.

Schockiert sehen sich Mutter und Sohn gegenseitig an.

»Detective Smart, Sie glauben doch nicht etwa, dass wir etwas mit dem Tod meines Vaters zu tun haben, oder?«, brüskiert sich Paul.

»Wir verdächtigen erst einmal jeden, der mit dem Opfer in Kontakt gestanden hat.
Wenn Sie uns aber mitteilen, wo Sie gestern Nacht gewesen sind und wann Sie Ihren Vater das letzte Mal gesehen haben, kann es gut sein, dass Sie als mögliche Täter ausscheiden.

Also bitte!«

Silvia und Paul sehen sich nachdenklich an.

»Ich habe meinen Vater das letzte Mal beim Abendessen gesehen.
Das ist so gegen 19 Uhr gewesen.
Danach bin ich in mein Zimmer gegangen, wo ich ein Buch gelesen habe, bis ich mich gegen 22 Uhr schlafen gelegt habe«, führt der Sohn aus.

»Und ich habe meinen Mann zuletzt kurz nach dem Essen gesehen.
Er hat mir gesagt, dass er sich noch mal kurz in sein Diensthaus begeben müsste, weil er noch etwas Wichtiges zu tun hätte.
Er hat mir erklärt, dass er in ein, zwei Stunden wieder zurückkommen würde, was dann aber nicht passiert ist«, erklärt Silvia und beginnt erneut zu weinen.

Leech notiert sich die Angaben der beiden Familienmitglieder und verkündet dann:

»Wir werden den örtlichen Pfarrer bitten, sich Ihrer anzunehmen.
Vielen Dank bis hier hin.
Wir werden Sie später noch einmal besuchen.
Jetzt aber gehen wir erst einmal zu Ihrer Tochter und ihrem Schwiegersohn.«

»Eine Frage hätte ich aber noch, Frau Bürgermeister.
Sie sind es doch bestimmt, die das Vermögen und so weiter Ihres verstorbenen Mannes erbt, oder?«, erkundigt sich Smart und sieht Silvia dabei tief in die Augen.

Ohne wirklich zu bemerken, worauf der Polizist hinaus möchte, nickt die Frau bestätigend und schnäuzt sich daraufhin.

Nun machen sich die beiden Beamten auf den Weg, das Haus zu verlassen. Sie verabschieden sich auf eine gebührende Art und räumen das Zimmer.

Kapitel 5

Lynx erreicht Fogwood - Village

Mein Bruder ist mir also wieder einmal entkommen.
Vier Wochen hat er sich vor mir verstecken können, bis ich ihn dann im wahrsten Sinne des Wortes, aufgrund seines Gestankes entdeckt habe.
Jetzt ist es nur noch eine Frage der Zeit gewesen, bis ich ihm, wie schon hunderte Male zuvor, gegenüberstehen und ihn daran hindern würde, die Menschheit in ihr Verderben zu stürzen.
Da ich selbst, wie jeder andere Vampir auch, nur des Nachts frei herumlaufen kann, habe ich dafür Sorge getragen, dass ich vor Sonnenaufgang in dem kleinen, englischen Ort eingetroffen bin.
Ich bin auf einem schwarzen Hengst, unmittelbar vor Tagesanbruch, in das kleine Dorf eingeritten und habe mir ein Zimmer in der einzigen Schenke geben lassen.

Der Wirt hat nicht schlecht geschaut, als ich mit meinen 1,83m, meinen 68kg und den, über die Jahrhunderte schon vielen Männern zum Verhängnis gewordenen, Brüsten in Größe 75d, den versifften Raum betreten habe. Sofort ist es ruhig geworden und alle haben nur noch Augen für mich gehabt.
Leider habe ich meinen schwarzen Umhang nicht ausziehen können, da die Beleuchtung in der Kneipe sehr hell gewesen ist.
Sonst hätte ich ihm mit meinen schwarzen Lederstiefeln, die bis zu den Knien reichen, dem tief ausgeschnittenen, dunkelroten Eisenbrustpanzer, der sehr tailliert geschnitten ist und bis zu meinem Bauchnabel reicht und dem 35 cm kleinen, grauen Rock, der meine Scham und das Gesäß gerade noch so verdeckt, mit Sicherheit dermaßen den Kopf verdreht, dass ich ohne Probleme alle Informationen, die ich benötige, auch bekommen hätte.
Zumindest hat er meine, bis zum Po reichenden, schwarzen Haare sehen können, die durch einen gekonnten Schnitt, aus meinem Umhang herausragen.
Meine Arme und Beine trage ich ansonsten unbekleidet mit mir herum, da ich die kalte Luft der Nacht gerne auf meiner Haut spüre.

Er hat mir alsbald ein Zimmer zugeteilt und mir versprochen, sich um mein Pferd zu kümmern.

Ich habe ihm erklärt, dass ich am darauffolgenden Abend gerne ausreiten will, und dass ich am Tage nicht gestört werden wolle, da ich eine siebentägige Reise hinter hätte.
Er hat mir sein Ehrenwort gegeben, sich an diese Anweisung zu halten, was ich ihm mit einem heftigen Zungenkuss quittiert habe.
Obwohl ich schon seit gut und gerne 100 Monden mit keinem Mann mehr verkehrt habe, hat es mir überhaupt nichts gegeben diesen großen, stämmigen Kerl, auf diese Art zu berühren.
Irgendwie ist er nicht mein Typ.
Aber egal.
Kurz darauf habe ich mich dann in mein Zimmer zurückgezogen und ich muss sagen, dass ich so etwas wie diesen Raum schon seit gut 280 Monden nicht mehr gesehen habe.
Soviel Schmutz und Moder gibt es sonst wohl nur noch in den noch nicht entdeckten Pyramiden, der alten ägyptischen Könige - das könnt ihr mir glauben, denn ich bin dort gewesen.

Nachdem ich mich in meiner neuen Bleibe soweit eingerichtet habe und den Holzladen nicht nur geschlossen, sondern auch mit

meinem Umhang doppelt abgebunden
habe, bin ich ins Bett gegangen, welches
ebenso wie der Rest des Raumes, in einem
verheerenden Zustand ist.
Na ja, aber es war besser, als nackt von der
Decke zu hängen.
Ich habe versucht, alsbald einzuschlafen,
aber es ist mir nicht gelungen.
Ich habe nicht verstanden, woran dies liegt.
Nachdem ich meine Gedanken gesammelt
habe und einzeln durchgegangen bin, viel mir
ein unscheinbarer Jüngling ein, der sich
neben dem Tresen, an dem ich mit dem Wirt
gesprochen habe, aufgehalten hat.
Er ist so jung gewesen.
So herrlich jung.
In seinen hell-leuchtenden, blauen Augen
konnte ich seine ganze Lebenskraft und seine
Macht spüren, eine Frau durch seine bloße
Anwesenheit, in seinen Bann zu ziehen.
In mir steigen Gefühle auf, die ich seit gut
und gerne 1000 Monden nicht mehr verspürt
habe.
Ich will diesen jungen Mann haben.
Er muss sich mir hingeben.
Er muss es einfach.
Aber kann ich das riskieren?
Ist es nicht falsch, ein solches Risiko
einzugehen?
Als ich so in meinem Bett liege und mich an
all die schönen, körperlichen Erlebnisse
erinnere, die ich während der letzten 4000

Monde erlebt habe, tragen plötzlich all meine Liebhaber das Gesicht dieses einen Jünglings.
Was hast du nur mit mir getan, du unbekannter, junger Mann?
Ein einziger Blick, ein Moment des Augenkontaktes hat ausgereicht, um ein altes, wirklich sehr altes Mädchen, wie mich, wieder zu einem jungen Fräulein werden zu lassen, das ohne seine Vernunft zu befragen, einfach alles tun würde, nur um Beachtung und das Wohlwollen eines jungen Mannes zu erfahren.
Es hat noch weitere zwei Stunden gedauert, in denen ich mich zügellos an mir vergangen habe, bevor ich endlich meinen inneren Frieden gefunden habe, und in einen tiefen, unruhigen Schlaf gefallen bin.

Meine Träume sind wie immer gewesen, wenn ich mich in der Nähe meines Bruders aufgehalten habe.
Unruhig und böse.
Durch unsere enge Verbindung bin ich in der Lage, jede seiner Gemütslagen in meinem Geiste zu erleben.
Meistens sind seine Gedanken unrein, gefährlich und voller Hass gegen die, die sich des Tages über frei und unbeschwert bewegen können.

Während ich ruhe, kann ich erkennen,
dass er mir schon einige Zeit voraushat.
Er ist kurz davor, seinen Teil des Paktes, den
er geschlossen hat, zu erfüllen, sodass ich
mir bewusst bin, dass ich nicht mehr viel Zeit
haben werde, ihn zu finden und seinen Plan
zu vereiteln.

Aber ebenso wie Sebastian, so muss auch ich
auf den Schutz, den die Dunkelheit mir
bietet, warten, bevor ich weitere Schritte
unternehmen kann.

Kapitel 6

Auf den Spuren des Mörders

Gerade als Smart und Leech das Haus des Bürgermeisters verlassen wollen, betreten Virginia und Thomas McGregor den Vorplatz des Anwesens.

»Guten Morgen! Sind Sie von der Polizei? Ich bin Virginia, die Tochter des Bürgermeisters«, beginnt die junge Frau.

»Guten Morgen. Ja wir sind die ermittelnden Polizisten.
Woher wissen Sie von dem Vorfall?«, will Leech wissen.

»Dann müssen Sie Thomas McGregor sein. Der Ehemann der jungen Frau und Sekretär des Bürgermeisters«, erkundigt sich Smart.

»Das stimmt.
Wissen Sie schon, was mit meinem Schwiegervater passiert ist? «

»Bis jetzt noch nicht.
Wir stehen erst am Anfang unserer Ermittlungen.
Bis lang haben wir nur die Leiche des Bürgermeisters im Moor. Wir hoffen aber das Sie beide uns vielleicht weiterhelfen können«, erklärt Leech.

»Was sollen wir Ihnen schon sagen können?«, will Virginia wissen.

»Fangen wir mal damit an, dass ...«, beginnt Leech, wird aber von Silvia unterbrochen, die ihrer Tochter weinend in den Arm fällt, woraufhin die Familienmitglieder zusammen mit den Polizisten wieder ins Wohnzimmer zurückgehen.

Dort angekommen fallen sich auch die Schwester und ihr Bruder in die Arme. Nach einer viertel Stunde haben sich dann alle wieder halbwegs im Griff, sodass die Polizei ihre Befragung nun fortsetzen kann.

»Wir würden gerne wissen, wo Sie und Ihr Mann sich gestern Nacht aufgehalten haben«, erkundigt sich Leech bei Virginia.
»Im Bett! Wo denn sonst!?«, gibt sich Virginia empört.

»Wann sind Sie schlafen gegangen?«

»Wir gehen jeden Abend so gegen 22 Uhr schlafen, Detective.«

»Stimmt das, Mister McGregor?«

»Das ist richtig, Detective«, bestätigt Thomas seine Frau und reibt ihr über ihre Schultern, die von ihrem langen, roten Kleid nicht bedeckt sind.

Leech notiert sich die Angaben des Pärchens. Dann fällt auch der Blick der Mutter auf das aufreizende Kleidungsstück der Tochter.

»Sag mal Kind, findest du dieses Kleid nicht ein klein wenig unangemessen?«, gibt sich Silvia entrüstet.

»Ich habe es eben anprobiert, als wir von Vaters Tod gehört haben.
Das ist das Kleid, das ich mir in London gekauft habe, um es an Vaters Geburts ...«, erwidert die Tochter und beginnt zu weinen.

»Fahren wir nun mit der Befragung fort. Mister McGregor, wann haben Sie und Ihre Frau den Bürgermeister das letzte Mal lebend gesehen?«, will Leech wissen.

»Nun ja ...«, beginnt Thomas zögerlich und fasst sich nervös an den Kragen seines weißen Hemdes. »... ich habe ... ich habe ihn gestern Nacht noch gesehen.«

»Wann ist das genau gewesen?«, will Smart wissen.

»So gegen halb 10.«

»Wo war das?«

»Wir sind in seinem Büro gewesen. Der Bürgermeister hat gesagt, dass er noch einen wichtigen Vertrag mit ein paar Australiern zum Abschluss bringen müsse. Ich habe diesen Kontrakt zusammen mit ihm ausgearbeitet und dann bin ich nach Hause gegangen, wo meine Frau mich dann erwartet hat«, erklärt der Sekretär in unsicherem Tonfall.

Die Polizisten sehen ihn mit einem zweifelnden Blick an und wenden sich dann Virginia zu.

»Wann haben Sie ihren Vater das letzte Mal lebend gesehen?«

»Gestern Morgen.
Ich bin in seinem Büro gewesen und wir haben uns ein wenig unterhalten.
Nichts Besonders.
Nur eben so«, erklärt die junge Frau.

»Ist Ihnen irgendetwas an ihm aufgefallen?«, will Leech von beiden wissen.
»Ist er vielleicht nervös gewesen?
Hat er sich irgendwie seltsam verhalten, oder sonst irgendeine Auffälligkeit gezeigt?«

Virginia und ihr Mann sehen zuerst sich und dann die beiden anderen Familienmitglieder an.
Dann erklären alle, dass ihnen nichts Besonderes aufgefallen sei.
»Wo hat der Bürgermeister denn gestern Abend hingehen wollen, nachdem Sie ihn verlassen haben, Mister McGregor?«, fragt Leech, der weiterhin alle Aussagen notiert.

»Er hat ... soweit ich weiß ... hat er ... also er hat sich mit den Aussis treffen wollen, damit sie den Vertrag unterschreiben.
Er hat mir gesagt, dass die beiden Männer das Dorf noch am selben Abend wieder verlassen wollen, da sie heut in der Früh einen wichtigen Termin in London haben.
Und danach würden sie dann zurück in ihre Heimat fahren«, erklärt Thomas erneut mit sehr nervöser Stimme.

»Haben Sie die beiden Männer gesehen? Kennen Sie vielleicht sogar die Namen der beiden Herren?«, möchte Smart wissen.

»T ... tut mir leid.
Aber ... nein ... ich ... ich ... ich ... es tut leid, aber der Bürgermeister hat mir die Namen nicht genannt. Ich habe die beiden Männer auch nie zu Gesicht bekommen.
Nein!
Tut mir leid, meine Herren.
Ich ... ich brauche etwas frische Luft ... bitte ... kann ich bitte etwas nach draußen gehen?«

»Aber sicher, Mister McGregor.
Gehen Sie nur.
Wenn wir noch eine Frage haben sollten, werden wir Sie draußen ansprechen.« erklärt Smart.

»Danke«, erwidert Thomas und verlässt das Gebäude.

»Das sind dann alle Fragen gewesen, die wir fürs Erste haben.
Ich möchte Ihnen nochmals mein ernsthaftes Mitgefühl ausdrücken und wenn ihnen doch noch etwas einfallen sollte, wir wohnen vorübergehend in der örtlichen Schenke, wo Sie uns jederzeit eine Nachricht hinterlassen können, wenn wir gerade nicht im Polizeirevier sind.
Wir werden uns später am Tag noch einmal bei Ihnen melden«, führt Leech aus und dann verlassen die beiden Polizisten das Haus.

Gerade als sie ihren dunkelblauen Einspänner besteigen wollen, kommt Michael Short zu den beiden Polizisten gelaufen.
Der Mann ist völlig außer Atem.

»Wer sind Sie? Können wir Ihnen irgendwie helfen?«, will Smart wissen und der Bäcker erwidert erschöpft:

»Mein Name ist Michael Short.
Ich bin der örtliche Bäckermeister.
Ich bin letzte Nacht im Moor gewesen und habe gesehen, wie der Bürgermeister getötet worden ist! «

»Dann kommen Sie bitte mit uns mit«, wünscht Smart und die beiden Beamten verlassen ihren Wagen, um das Haus des Bürgermeisters ein drittes Mal, in ihrer dienstlichen Angelegenheit, zu betreten.

»Was gibt es denn jetzt noch?«, will Paul leicht genervt wissen.

»Dieser Mann hier ist gerade zu uns gekommen und hat behauptet, dass er gesehen hat, wie Ihr Vater ermordet worden ist«, führt Smart aus.

»Unmöglich!«, kommt es Silvia über ihre Lippen.

Alle sehen die Witwe erstaunt an. Vor allem
Thomas und Paul sind von der Reaktion der
Dame erstaunt.

»Wieso soll dies denn nicht möglich gewesen
sein?«, will Leech wissen.

»Nun ja ... ähm ... Sie ... Sie haben doch
gesagt, dass er im Moor getötet worden ist,
und ich ... ich kann mir nicht vorstellen, dass
jemand in einer Nacht, wie der Gestrigen,
einfach so dort draußen rumläuft ... es sei
denn ...«
Silvia reißt ihre Augen weit auf, richtet ihren
Zeigefinger auf den Bäcker und brüllt:

»Es sei denn, er wäre der Mörder oder einer
seiner Komplizen!
Verhaften Sie diesen Mann!
Er hat etwas mit dem Mord an meinem
Gatten zu tun!«

Alle, die sich in der Nähe der Frau befinden,
sehen sie verwundert an.

»Wir haben niemals gesagt, dass ihr Mann im
Moor getötet worden ist.
Wir haben jediglich erklärt, dass an dort
seine Leiche gefunden hat.
Was uns nun zu der Frage führt, woher Sie
wissen, dass ihr Mann sein Leben an diesem

unwirklichen Ort ausgehaucht hat!?«,
provoziert Smart die 43-jährige Dame.

»Wie!? Was soll das denn heißen?
Glauben Sie etwa, dass ich ...«, empört sich
Silvia und wird von Paul unterbrochen:

»Meine Mutter ist den ganzen Abend zu
Hause gewesen!
Das habe ich Ihnen doch bereits bestätigt!«

»Ich denke, dass es wohl das Beste wäre,
wenn wir uns anhören würden, was uns
Mister Short zu sagen hat, oder?«, sagt
Virginia, genau in dem Moment, als Thomas
wieder das Haus betritt.

»Sie sind ja schon wieder hier!
Was gibt es denn noch?«, will der
Schwiegersohn wissen.
»Stell dir vor, Schatz:
Der Bäcker hat gesehen, wie mein Vater
getötet worden ist!«, erklärt Gini.

Hierauf reißt Thomas seine Augen weit auf
und wird wieder nervös.

»Ach ja!?«, stottert er leise.
»Und!? Wer ist es gewesen?«

»Nun, Mister Short!?

Was haben Sie gesehen?«, erkundigt sich Smart und betrachtet sich McGregor, Paul und Silvia mit prüfendem Blick, wobei er bei allen Familienmitgliedern eine gesteigerte Nervosität feststellen kann.

»Also ..., das Ganze hat gestern Abend kurz vor 22 Uhr begonnen, als ich aus der Schenke nach Hause gegangen bin.
Ich bin am Diensthaus des Bürgermeisters vorbei gegangen und da sah ich noch etwas Licht brennen.
Und naja - da ich schon immer etwas neugierig gewesen bin, bin ich zu dem Fenster gelaufen, und habe dort noch einen Blick in die Amtsstube geworfen«, beginnt Short.

»Und was haben Sie dort gesehen?«, will Leech wissen, der erneut alles Wichtige mitschreibt.

»Ich habe vier Männer gesehen.
Sie haben sich neben der Lampe, über den Tisch gebeugt, und haben einen Vertrag erst unterzeichnet und danach versiegelt.«

Die beiden Beamten sehen zu Thomas, der immer nervöser wird und unter sich auf den Boden sieht.

»Was ist dann passiert, Mister Short?«

»Plötzlich hat einer der Männer zu mir herüber geschaut und ... und ob Sie es mir nun glauben oder nicht, ... aber ... aber dieser Mann hatte rote Pupillen! Feuerrot sage ich Ihnen!
So rot - wie die Flammen der Hölle!«, erklärt er aufgeregt mit zitternder Hand.

»Rote Pupillen!?
Feuerrot!?
Sind Sie sich da sicher, Mister Short?«, fragt Smart skeptisch.

»Wenn ich es Ihnen doch sage! Feuerrot! Als ich in diese teuflischen Augen geblickt habe, habe ich meine Beine in die Hände genommen. Ich bin so schnell mich meine Schuhe getragen haben, hinaus ins Moor gerannt, weil ich mir gedacht habe, dass diese Leute mir bestimmt nicht dorthin folgen würden. Es ist ja das schwere Unwetter aufgekommen.
Und ... und dann habe ich mich in einer Höhle oberhalb des Moores versteckt.«

»Und da haben Sie gesehen, wie der Bürgermeister getötet worden ist?«, fragt Leech mit ruhiger Stimme.

»Ja!
Und was ich hier gesehen habe, ist noch viel schlimmer gewesen, als der Mann mit den

roten Pupillen!«, führt der Bäcker aufgeregt aus.

»Noch schlimmer!?«, kommt es Smart ironisch über die Lippen.

»Jack Miller!
Es ist Jack Miller gewesen, der da aus dem Moor emporgestiegen ist. Mit einem etwa 25 Meter langen Satz ist er aus dem Sumpf heraus gesprungen und hat sich den Bürgermeister gegriffen«, erklärt Short mit weit aufgerissenen Augen und zitternder Stimme.

»Jack Miller!?
Sie haben Jack Miller aus dem Moor emporsteigen und auf den Bürgermeister springen sehen?«, erkundigt sich Leech ungläubig und steckt seinen Bleistift und den Block wieder in die Jackentasche.

»Sagen Sie bitte, Mister Short: wie viele Getränke alkoholischer Art haben Sie in besagter Schenke zu sich genommen, bevor Sie den Mann mit den roten Pupillen und Jack Miller im Moor gesehen haben?«, erkundigt sich Smart.

»Sie müssen mir glauben!
Es ist Jack Miller gewesen!
Ich habe ihn mit eigenen Augen gesehen!

Jack Miller!«, sagt der Bäcker, während er fast schon bettelnd vor den Polizisten kniet und die Beamten an ihren Armen zieht.

»Ist schon gut, Mister Short!
Wir glauben ihnen ja«, lügt Leech und verdreht genervt seine Augen.

»Was ist dann passiert?«

»Danach hat Miller den Kopf des Bürgermeisters abgeschlagen und sich kurz darauf über den Torso gebeugt und irgendetwas mit ihm getan.
Was genau habe ich aber von meiner Höhle aus nicht erkennen können.«

Während Short dies ausführt, drehen sich die Hinterbliebenen des Ortsvorstehers angewidert zur Seite weg.
Vor allem die beiden Damen sind von den abartigen Ausführungen des Bäckermeisters abgestoßen.

»Was der Mann mit dem Körper gemacht hat, haben Sie aber nicht erkennen können?«, fragt Smart noch einmal nach.

»Nein.
Er hat sich völlig über ihn gebeugt. Und dann - nach einer Weile, stand Miller auf und hat zu mir herüber gesehen.«

»Hat er auch rote Pupillen gehabt?«, verhöhnt der Polizist den Zeugen.

»Hören Sie!
Was ich sage stimmt!
Genau so ist es abgelaufen!
Sie müssen mir glauben.«

»Und was ist dann passiert?«, will Leech wissen.

»Danach habe ich mich vor Angst, dass Miller auch mich töten wird, in den hintersten Ecken der Höhle zurückgezogen, und darauf gehofft, dass ich diese Nacht überleben werde.
Doch dann - plötzlich – habe ich ein Zischen gehört!
Ein teuflisches Zischen, wie es nur von einer Ausgeburt der Hölle ausgestoßen werden kann.
Dann habe ich am Eingang der Höhle einen Schatten erkennen können, der sich mir genähert hat.
Kurz darauf ist dann wieder dieses Zischen zu hören gewesen.
Ich habe mein Ende nahen sehen – aber, bevor ich die Höllenkreatur namens Jack Miller mit eigenen Augen, leibhaftig unmittelbar vor mir stehen sehen gekonnt habe, bin ich in eine tiefe Ohnmacht gefallen,

aus der ich erst wieder heute Morgen erwacht bin.
So ist es gewesen!
Ich schwöre es ihnen!
Es ist Jack Miller gewesen!
Er ist gekommen und wird sich für alles, was man ihm angetan hat, rächen!«

Smart und Leech ziehen sich zu einer kurzen Beratung zurück, treten danach vor den Bäcker und bitten den Mann, dass er ihnen zeigen soll, wo er sich versteckt gehalten hat.
Short stimmt zu und die Herren verlassen das Anwesen des Bürgermeisters.

Auch Thomas verabschiedet sich von seiner Familie, da er im Bürgermeisteramt noch etwas Wichtiges zu erledigen hat.
Seine Frau bleibt im Haus und bittet ihren Mann, später wieder zurückzukommen, was dieser als Selbstverständlichkeit ansieht.

Etwa 20 Minuten, nachdem die drei Männer das Haus des Toten verlassen haben, erreichen sie die Höhle, in der sich der Bäcker die Nacht über aufgehalten hat.
Auf dem Weg dorthin erkundigen sich die Polizisten, wer denn die vier Herren gewesen seien, die er im Diensthaus gesehen habe.
Mister Short erklärt, dass er keine der Personen hätte erkennen können, da das

Licht der kleinen Lampe kaum ausgereicht
hat, den Schreibtisch zu beleuchten.
Er wäre sich aber ziemlich sicher, dass er
eine Jacke, mit dem Familienwappen der
Sippe des Verstorbenen, erspäht hat, was
wohl darauf hinweist, dass mindestens ein
Mitglied der Familie des Bürgermeisters oder
eben er selbst dort gewesen sein muss.
Da die beiden Polizisten ja bereits von
Thomas erfahren haben, dass der
Verstorbene und zwei Australier einen
Vertrag unterzeichnet haben, schenken sie
dem vorerst keine größere Beachtung.

»Hier oben ist es!
Sehen sie?
Diese Höhle dort oben!
Dort habe ich mich versteckt!«

»Und von dort aus haben Sie auch den Mord
beobachten können?«, fragt Leech.

»Jawohl!«

»Dann sehen wir uns das Mal an«, sagt Smart
und besteigt, zusammen mit den beiden
anderen, den kleinen Hügel, der zu dem
Erdloch führt.

Da die beiden Polizisten dem Mann eher
nicht geglaubt haben, sind sie sehr
überrascht, als sie erkennen müssen, dass es

tatsächlich Spuren von mindestens drei Leuten in der Höhle gibt.
Stoffreste oder sonstige Abdrücke, der beiden anderen Personen, können sie aber nicht entdecken.
Jediglich ihre Fuss-/ und Handspuren sind auf dem staubigen Boden noch bruchstückhaft zu erkennen.
Allerdings weisen sie keine Besonderheiten oder Ähnliches auf, was die Fahndung nach dem oder den Tätern in irgendeiner Form positiv vereinfachen würde.
So verlassen die Drei die enge Höhle wieder und fahren zurück in das kleine Dorf, wo sich die Polizisten mit ihrem ortsansässigen Kollegen über das weitere Vorgehen beraten wollen.

»Ihr kommt gerade recht zum Mittagessen«, begrüßt der 22-jährige McAlbride seine beiden Kollegen und fährt fort:

»Habt ihr schon eine Spur?«

»Bis jetzt haben wir jede Menge Informationen, die wir aber erst einmal richtig sortieren und bewerten müssen«, entgegnet Leech.

»Aha!
Habt ihr denn schon einen Verdacht?«, will der junge Polizist weiter wissen.

»Ich weiß nicht so recht«, äußert Leech und blickt seinen Kollegen Smart zweifelnd an.

»Ich bin mir da auch nicht so sicher. Jedenfalls haben wir heute Morgen eine Menge seltsamer Gestalten kennen gelernt und auch die eine oder andere merkwürdige Geschichte zu hören bekommen.
Ich bin mir aber ziemlich sicher, dass der Mörder im Umfeld der Familie zu finden ist«, erklärt Smart.

»Und was ist mit Jack Miller!?«, frotzelt Leech.

»Der ist seit 100 Jahren tot«, erwidert der Kollege sehr ernst.

»So, jetzt wird aber erst einmal was gegessen. Lasst es euch schmecken, Kollegen«, sagt McAlbride, als er Leech und Smart ihren Kartoffelbrei mit Kohl in einer herzhaften Pfefferminzsoße serviert.

»Nach dem Essen müssen wir uns unbedingt das Testament des Bürgermeisters ansehen. Ich denke, dass wir dann um Einiges schlauer sein werden!«, erklärt Smart.

»Das wird wohl nicht möglich sein.
Der Notar ist für drei Tage nach London gereist und wird erst am frühen oder späten

Abend zurück nach Fogwood Village kehren«, erwidert McAlbride.

Smart und Leech sehen sich an.

»Dann wird es eben das Erste sein, was wir morgenfrüh tun werden«, sagt Leech und seine beiden Kollegen nicken bestätigend.

Nachdem sie dieses vorzügliche Mahl hinter sich gebracht haben, begeben sich die drei Polizisten zur Dorfschenke, um mehr über die beiden Australier zu erfahren, die bis letzte Nacht noch Gäste in Fogwood Village gewesen sind.
Vom Wirt erfahren sie, dass es sich bei den beiden Herren, um sehr noble, tüchtige und wohlhabende Herrschaften gehandelt haben muss. Allerdings sind sie bereits vor dem Sonnenaufgang in das Gebiet um das Moor herum aufgebrochen und erst spät abends wieder zurückgekehrt. Denn erst dann hat er sie wieder, unmittelbar vor ihrer Abreise, zu Gesicht bekommen.
Weiterhin, so der Wirt, hätten beide Herren, die sich ein Zimmer geteilt haben, jeden Morgen ihre Betten gemacht und den Raum immer so sauber verlassen, dass man eigentlich hätte Denken können, dass sich in diesem Zimmer niemand aufgehalten hat.
Solche Gäste würde er sich immer wünschen, fügt der Wirt noch lachend hinzu, und

nachdem er ihnen die Uhrzeit ihrer Abreise genannt hat, nämlich kurz nach 22 Uhr, verabschieden sich die Gesetzeshüter vorerst und wünschen dem Mann noch einen schönen Tag.

Während dessen versuchen auch die Hinterbliebenen des Opfers, mit der Situation klarzukommen.
Silvia und ihr Sohn sitzen im Wohnzimmer und trauern.
Beide haben sich angemessene Kleidung angezogen und starren sich schweigend an.

Dann ergreift Silvia das Wort:

»Wo bist du gestern Abend noch gewesen?«

»Was meinst du?«, entgegnet Paul erstaunt.

»Ich weiß, dass du gestern Abend noch einmal unterwegs gewesen bist!
Wo bist du gewesen?«

»Ich bin gestern Abend nicht mehr aus dem Haus gegangen.
Es ist so, wie ich es der Polizei gesagt habe.
Ich bin nach dem Abendessen in mein Zimmer und habe dort ein Buch gelesen.
Gegen 22 Uhr habe ich mich dann schlafen gelegt.«

Die Haushälterin der Familie betritt das Wohnzimmer und bringt ein Tablett mit drei gefüllten Teetassen zum Wohnzimmertisch.

»Lüg mich nicht an!«, beginnt die Mutter laut. »Ich habe gesehen, dass du gestern Abend noch Aus gewesen bist.
Ich habe das Mädchen beauftragt, dir gegen 22 Uhr eine warme Milch zu bringen, und sie hat mir gesagt, dass du nicht in deinem Zimmer gewesen bist!
Ist es nicht so, Maria?«

»Jawohl, gnädige Frau.
Genauso ist es gewesen.«

Paul sieht seine Mutter schockiert und zugleich peinlich berührt an.

»Aber die gnädige Frau ist doch ebenso noch mal aus gewesen«, erklärt Maria plötzlich.

Pauls Gesichtszüge ändern sich daraufhin von peinlich berührt zu überheblich zufrieden.

»Was du nicht sagst, Maria!
Wann war das denn etwa?«

»Das ist etwa gegen 23 Uhr gewesen, gnädiger Herr.

Ich habe die gnädige Frau fragen wollen, ob es mir denn gestattet wäre, Ihre Milch zu trinken, da Sie ja nicht da gewesen sind.
Also habe ich an die Tür der gnädigen Frau geklopft, um mir ihre Erlaubnis einzuholen, und nachdem sie mich nicht hereingebeten hat, habe ich nachsehen wollen, ob sie vielleicht schon schläft.
Als ich ihr Schlafgemach betreten habe, ist das Zimmer aber leer gewesen«, erklärt die 18-jährige Haushälterin.

Nun ist es Silvia, deren Gesicht rot wird.
»Geh Maria!
Geh sofort, oder ich vergesse mich!«, äußert die ältere Frau wütend.

Maria verlässt den Raum.

»Und bilde dir ja nicht ein, dass du auch nur zu irgendeiner Zeit eine Chance haben wirst, meinen Sohn zu verführen!
Der gnädige Herr ist nur seinem Geschlecht zugänglich!«, provoziert sie weiter.

»Mutter!«, brüskiert sich der Filius.

»Ja!
Dein Vater hat es mir erzählt!
Und er hat mir auch erzählt, dass er dich enterben gewollt hat!

Heute Morgen hat er sein Testament ändern wollen und dich danach aus seinem Haus werfen!«, stellt Silvia klar.
»Also - wo bist du letzte Nacht gewesen?
Bei deinem Geliebten?
Bei diesem kleinen Burschen, der nur dann stoppeln im Gesicht trägt, wenn er sich zwei Wochen nicht rasiert hat?
Du bist so ein Versager!
So lächerlich!
Du bist eine Schande für unsere Familie!
Und da du nicht alles verlieren wolltest, hast du deinen Vater heute Nacht getötet!
Gestehe!
Gestehe und bewahre dir wenigstens noch einen Rest an Würde!«, sagt die Mutter, steht dabei auf und richtet ihren linken Zeigefinger auf ihren Sohn.

»Nun ist`s aber genug, Mutter!«, beginnt Paul und erhebt sich ebenfalls aus seiner Sitzgelegenheit.
»Auch du hattest mehr als nur einen Grund, den alten Herrn zu töten!
Denn nicht nur mich wollte er heute in seinem Testament schlechter stellen!
Auch du hättest heute viel, viel Geld verloren, wenn er seinen Termin beim Notar wahrgenommen hätte!«

Schockiert greift sich die Mutter an ihr Dekoltee, reißt die Augen weit auf und sieht ihren Sohn schockiert an.

»Ich weiß nicht, was du meinst, Paul!«

»Oh doch, Mutter!
Das weißt du ganz genau!
Und ich frage dich nun noch einmal: wo warst du? «

»Das ist doch die Höhe!
Und das vom eigenen Sohn!«, gibt sie sich entrüstet.

»Ich bin bei Peter gewesen!
Jawohl - ich war bei Peter und habe meinen schmutzigen und gotteslästerlichen Trieben nachgegeben!
Aber zumindest habe ich jemanden, der meine Gegenwart zum Zeitpunkt der Tat bezeugen kann!
Wie sieht es da bei dir aus – Mutter?«, will der Sohn in einem selbstgerechten Tonfall wissen und verschränkt seine Arme vor der Brust.

Silvia wendet ihren Blick daraufhin von ihrem Sohn ab und geht Richtung Zimmertür.

»Das hat dich nicht zu interessieren, mein Sohn!
Tatsache ist jedenfalls, dass du die Polizei belogen hast!
Und wer einmal lügt, dem glaubt man nicht, Paul!
Ich denke, dass die Polizei dies ähnlich sieht!
Und was deinen kleinen Knaben – deinen Liebessklaven angeht – wer wird denn den Aussagen eines verkommenen, mit was weiß ich für Krankheiten beladenen, Gossenkindes Glauben schenken?
Du bist krank Paul!
Krank!
Ich hoffe, dass du dir dessen bewusst bist, und dass du dich schleunigst von einem guten Londoner Arzt oder noch besser, von einem römischen Priester, von deiner abartigen Krankheit befreien lässt!« schimpft Silvia, verlässt das Zimmer und schlägt die Tür hinter sich zu.

Paul ist nervlich völlig am Ende und lässt sich zurück in den Sessel fallen, in dem er zuvor gesessen hat, hält sich eine Hand an die Stirn und atmet einmal tief durch.
Kurz danach stößt er einen lauten Schrei aus, packt eine der Teetassen und wirft diese mit ganzer Kraft durch die Fensterscheibe des Wohnzimmers nach draußen.

Unmittelbar darauf betritt Virginia das Zimmer.

»Was ist denn los, Bruder?
Hattest du wieder Streit mit Mutter?«

Paul zögert einen Moment.
Dann nickt er bestätigend und sieht seiner Schwester tief in die Augen.

»Wann ist dein Mann denn gestern Abend nach Hause gekommen?«

»Um kurz vor 22 Uhr.
Aber das habe ich doch bereits gesagt, als die Polizei da gewesen ist.
Wieso fragst du?
Glaubst du mir nicht?
Denkst du etwa, dass Thomas etwas mit Vaters Ermordung zu tun hat?«

Paul sieht seine Schwester fragend an.

»Was denkst du denn, Virginia?
Hat er das?«

Virginia würdigt diese Frage keiner Antwort.
Statt dessen gibt sie ihrem Bruder eine Ohrfeige und verlässt zuerst den Raum, dann das Haus.

Kapitel 7

Nacht

Es dämmert bereits, als ich aus einem unruhigen Schlaf aufwache.
Eigentlich bin ich noch viel erschöpfter, als heute Morgen, als ich mich in dieses - naja nennen wirs eben – Bett, gelegt habe.
Aber es hilft nichts – die Pflicht ruft.
Zuerst entferne ich meinen Umhang einen Zentimeter vom Holzladen am Fenster.
Ich kann sehen, dass die Sonne bereits untergeht.
Meine Zeit ist also gekommen.
Ich lege meinen Umhang an und verlasse mein Zimmer.
Unten in der Schenke angekommen, ziehe ich direkt wieder alle Blicke auf mich.
Der Einzige, der mich nicht zu beachten scheint, ist der Jüngling, der bereits, wie am frühen Morgen, in einer Ecke, neben dem

Tresen sitzt, und vor sich in den Boden starrt.
Zumindest der Wirt ist über mein Erscheinen sehr erfreut.
Er bietet mir einen Tisch und etwas zu essen an.
Gerne nehme ich die Speise entgegen, wobei sich meine Lust auf Nahrung eigentlich in eine andere Richtung orientiert.
In dieser Nacht werde ich wohl nicht nur auf die Jagd nach meinem Bruder gehen müssen.
Ich frage den Wirt, ob es ihn stören würde, wenn ich mich in eine der hinteren Ecken setzen würde, was er verneint.
Ich begebe mich also in den Ecken, der sich genau gegenüber dem Sitzplatz des jungen Burschen befindet, der mich so sehr in seinen Bann gezogen hat, dass ich ihn am Liebsten jetzt als gleich, in einen, wie mich wandeln möchte, um bis zum Ende der Ewigkeit mit ihm vereint zu sein.
Wie er dasitzt, mit seinem jugendlichen Körper, seinen halbfertigen, kräftigen Oberarmen und seinem kleinen Bärtchen, das eher nach Schmutz aussieht, als ein Zeichen reifer Männlichkeit.
Aber ich muss mich zusammenreißen.
Ich habe eine große Verantwortung zu tragen, der ich unabgelenkt nachkommen muss.

Gerade als ich angefangen habe etwas von dem blutigen Braten zu essen, den der Wirt mit serviert hat, habe ich bemerkt, dass der Jüngling mich anzusehen scheint.
Im ersten Moment habe ich noch versucht ihn zu ignorieren, aber nach einer Weile gelingt es mir nicht mehr. Meine frauliche Seite gewinnt die Oberhand und lässt mich den Begehrenswerten ohne Unterlass anstarren.
Wir haben nun etwa eine Minute lang ununterbrochen Blickkontakt gehalten, als ich mir ein Lächeln nicht mehr verkneifen möchte.
Der Junge erwidert dies und ich bitte ihn mit einem Wink, zu mir zu kommen.
Er gehorcht und noch keine fünf Sekunden später sitzt er an meinem Tisch und gafft mich an, als wäre ich nicht von dieser Welt. Ich versuche nun wieder ihn zu ignorieren und esse weiter.

»Schmeckt`s Ihnen?«, erkundigt er sich.

»Es ist sehr gut – Danke!«

»Ich habe es gekocht! «

»So, so!
Ein Koch bist du also?«

»Ja – aber nicht nur.

Ich tue so ziemlich alles, was anfällt.
Ich putze auch die Schuhe der Leute hier im Dorf und trage die Post aus, die zweimal in der Woche mit der Kutsche aus London kommt.
Meine verantwortungsvollste Aufgabe ist es aber die Telegramme, die hier ankommen oder übermittelt werden müssen, zur Poststelle zu tragen, oder eben zu den Menschen welche, die Nachrichten empfangen sollen«, klärt der Junge mich auf.

»Das ist ja interessant.
Dann hast du ja ganz schön viel zu tun, was!?«

»Oh ja.
Aber was soll ich sagen.
Man muss ja sehen, wo man bleibt und da ist jede Arbeit recht, die gerade anfällt.
Ich heiße übrigens Benjamin«, redet Ben altklug weiter.

»Freut mich dich kennenzulernen, Benjamin.«

»Wie heißen Sie?«

»Mein Name ist Lynx!«

»Was ist das denn für ein Name?
Woher stammen Sie?«

»Ich komme direkt aus Transsylvanien, Ben«, erkläre ich mit einem bösartigen Blick, mit dem ich den Burschen schocken will.

»Wow!«, freut sich Benjamin, »Haben Sie schon mal einen Vampir gesehen?«

»Aber sicher! Hunderte!« entgegne ich, als wäre es das Natürlichste von der Welt.

Benjamin reißt seine Augen weit auf und sieht mich aufgeregt an.

»Und?«, fragt er nach einer Weile zögerlich.

»Was? «

»Hat Sie schon mal einer gebissen?«

»Sehe ich so aus?«, frage ich und lege meine Arme unter meine Brüste, auf den Tisch, sodass diese richtig schön zur Geltung kommen und Benny fast die Augen aus den Höhlen springen.

»Nein!
Sie sehen ... Sie sehen ... wow ... sehen Sie gut aus!«, stottert er sabbernd und erklärt weiter:
»Also für eine Frau Ihres Alters sehen Sie wirklich noch sehr gut aus!«

In diesem Moment ist mir klar geworden,
wie es sich anfühlen muss, wenn man den
berühmten Pfahl durchs Herz gestoßen
bekommt.
So eine Frechheit!
So etwas hat in den letzten 5000 Monden
noch niemand zu mir gesagt.
Aber es ist okay.
Im Laufe der Jahrhunderte sind die jungen
Leute immer offener geworden und ich
unterstelle einfach einmal, dass der Jüngling
unbedacht daher geredet hat, und noch
keinen wirklichen Kontakt zum anderen
Geschlecht vollzogen hat.
Trotzdem hat es sich nicht gut angefühlt, so
etwas zu hören.
Einen kurzen Moment lang habe ich überlegt,
ob ich ihm seine halbfertige Männlichkeit
nicht einfach abbeißen und ihn danach
genüsslich aussaugen soll.
Allerdings hat er sich diesem Schicksal
bereits entzogen, als er mir gesagt hat, dass
er über alles und jeden hier im Ort, aufgrund
seiner Tätigkeiten, Bescheid weiß.

Die nächste Zeit haben wir uns
angeschwiegen.

Ich habe meine Mahlzeit gegessen und als ich
fertig gewesen bin, hat Benjamin den Teller
genommen und ihn zum Wirt getragen, der
uns eine Karaffe mit Wein mitgegeben hat,

welche der Junge in zwei ebenso mitgeführte Krüge aufgeteilt hat.

»Was hat Sie denn in diese abgelegene Gegend verschlagen?«, will er nun wissen.

Obwohl ich mit dieser Frage hätte rechnen müssen, habe ich im ersten Moment keine Antwort gewusst.

»Sind Sie auch wegen der nachtaktiven Tiere hier?
Wir bekommen oft Besuch von Forschern und Wissenschaftlern aus anderen Ländern, die sich unsere Tiere und Pflanzen ansehen wollen.«

»Verfügst du denn über viel Wissen auf diesem Gebiet?«

»Nein! Gar keins!«

»Ja! Genau deswegen bin ich den weiten Weg aus Transsylvanien hierher gekommen.
Um mir die Käfer, Schlangen und Tannenbäume anzusehen, die hier leben und wachsen.«

»Ja, das habe ich mir schon gedacht.«

»Wieso denn das?«

»Ach wissen Sie, Lynx – ich habe einen
Blick für solche Leute.
Sie sehen genauso aus, als wären Sie auch
eine von diesen Käfer – und Blättersammlern!«

»Aha!«, kam es mir kurz und knapp über
Lippen.

Wenn er noch einmal etwas Ähnliches von
sich gibt, wird er den nächsten
Sonnenaufgang nicht mehr erleben!
Das habe ich mir geschworen.
Aber nur ein Blick in seine hellblauen Augen
und all meine Aggressionen sind sofort
wieder verflogen.

»Hättest du Lust und Zeit mir den Weg zum
Schwarzen Moor zu zeigen?
Ich kenne mich hier noch nicht so gut aus.
Ich besitze zwar eine Karte von der Gegend
hier, die ist aber von 1743.«

»Gerne Lynx.
Einem so feinen und attraktiven Forscher wie
ihnen ist man doch gerne und allzeit
behilflich.«

»Vielen, vielen Dank, mein lieber Benjamin!«,
erwidere ich ihm und schon bin ich wieder
ein pubertierendes Mädchen gewesen, das
seinem Schwarm bedingungslos zu Füßen
liegt.

Daraufhin haben wir noch schnell unseren Wein ausgetrunken und uns dann, unmittelbar danach, auf unseren Pferden, auf den Weg ins Schwarze Moor gemacht.

Kapitel 8

Weitere Todesfälle geben Rätsel auf

Gegen 23 Uhr am Abend wird McAlbride von einem geschockten Bauern aus einem wunderbaren Traum gerissen.
Sich noch im Halbschlaf befindend, wird ihm von dem Landwirt erklärt, dass Jacqueline Smith tot vor ihrem Haus liegen würde.
Sofort ist der Detective hellwach und macht sich auf den Weg in die Gastschenke, wo er Leech und Smart über den Mord in Kenntnis setzen will.
Da er noch sein Nachthemd und seine Zipfelmütze trägt, sorgt er für einiges Gelächter bei den Leuten, die ihn auf seinem Weg dorthin sehen.

Nachdem er und seine beiden Kollegen das Gebiet um das Haus der Toten herum gegen die Schaulustigen gesichert haben, geht sich der ortsansässige Polizist seine Dienstuniform anziehen.

Leech und Smart sehen sich derweil die Leiche der Frau etwas genauer an.
Sie entdecken, dass man ihr die Kehle durchgeschnitten hat.
Das Mordinstrument können sie ebenso wenig finden, wie irgendwelche Zeugen, die diese grausige Tat beobachtet haben.

Nachdem alle Spuren gesichert worden sind, lassen sie den Leichnam der 40-jährigen Frau in die kleine Leichenhalle, im Polizeirevier bringen.
Danach machen sich die beiden Beamten sofort auf den Weg zum Notar, da sie unbedingt das Testament des Bürgermeisters einsehen wollen, um zu erfahren, ob der heutige Todesfall mit dem des vorigen Tages in irgendeiner Art von Verbindung stehen könnte.

Aber die beiden Polizisten kommen zu spät.
Als sie sein Haus erreichen, ist auch dieser bereits tot und seine Leiche ist kalt und blass.
Ebenso, wie beim Bürgermeister ist auch dem Notar der Kopf abgetrennt worden und auf einem Gegenstand aufgestellt.
War es beim Ortsvorsteher noch ein Baumstumpf, so ist es dieses Mal eine Vase, auf die das Haupt des Opfers gepackt worden ist.

Dies stellt die Polizisten nun vor ein Rätsel.
Wieso hat keiner bemerkt, dass der Notar gar nicht abgereist ist!? Wieso sind bei den Männern die Köpfe abgetrennt worden und weshalb hat man der Frau die Kehle aufgeschnitten - das Haupt aber am Torso gelassen?
Gibt es zwei verschiedene Täter?
Soll vielleicht einer oder zwei der Morde den einen, den wahren Mord, oder eben anders herum, soll der Tod der Frau, von den wahren Tatmotiven für die Gründe der Tötung, der beiden Männer ablenken?

Die Polizisten wissen, wo sie die Antworten auf ihre Fragen finden werden:
Im Haus der Bürgermeisterfamilie.

Leech und McAlbride machen sich also auf, Silvia und ihrer Sippschaft einen Besuch abzustatten, während Smart im Haus des getöteten Notars nach dem Testament des Bürgermeisters sucht.

Als Leech und sein Kollege das Anwesen erreichen, scheint es so zu sein, dass bereits alle schlafen.
Es brennt kein Licht mehr in den Räumen und auch sonst ist es totenstill auf dem Gelände.
McAlbride läutet.

Es dauert etwa drei Minuten, bevor Maria die Türe öffnet.
Die beiden Polizisten bitten um Einlass, der ihnen von der jungen Frau gewährt wird.
Der ortsansässige Ordnungshüter bittet die Haushälterin alle Familienmitglieder aufzuwecken und ins Wohnzimmer zu führen.

Nachdem sich alle im Haus befindlichen Personen im Raum versammelt haben, beginnt Leech mit dem Verhör.

Auf die Frage, ob irgendjemand das Haus am Abend verlassen hätte, antworten sowohl Paul und Silvia als auch Virginia mit „Nein", wobei Gini einräumt, nach einem Streit mit ihrem Bruder zwar das Gebäude, nicht aber das Anwesen geräumt zu haben.
Sie erklärt, dass sie etwa eine Stunde lang hinter dem Haus spazieren gegangen sei, was Maria bezeugt.

Als Paul wissen will, was denn nun wieder geschehen sei, dass die Polizisten noch so spät in der Nacht, zu einem Besuch vorbeikommen würden, erzählt McAlbride von den beiden Morden und möchte wissen, ob jemand der Anwesenden Gründe kennt, die auf einen Zusammenhang zwischen dem gestrigen und den beiden heutigen Todesfällen schließen lassen.

Die Familienmitglieder sehen sich daraufhin eine Weile an und verneinen dies.
Leech gibt seine Überzeugung preis, dass irgendjemand in diesem Raum lügen würde.
Er äußert weiterhin, dass er felsenfest davon überzeugt ist, dass die Ermordung des Bürgermeisters in einem Zusammenhang mit den heutigen Todesfällen steht.
Er gibt dem oder den Tätern den guten Rat sich freiwillig zu stellen, da sie so, eine etwas mildere Strafe erhalten werden, was im Klartext bedeutet, dass ein Geständnis, die drei Morde begangen zu haben, nicht mit dem Tod am Strick gesühnt werden wird.

Nachdem sich weiterhin niemand zu den Taten bekennt, und sich alle Familienmitglieder weigern, sich zu der Sache zu äußern, erklärt McAlbride, dass ihr Kollege Smart gerade im Haus des Notares nach dem Testament des Bürgermeisters sucht, und dass er glaubt, dass die Polizei hier den entscheidenden Hinweis auf die Mordmotive finden wird.

Hierauf reagieren sowohl Silvia als auch Paul sehr nervös, was den beiden Beamten nicht entgeht.
Noch einmal fragt Leech, ob jemand etwas zu sagen hätte, und sieht dabei speziell Mutter und Sohn an, die zwar verschämt unter sich blicken, aber keinen Ton von sich geben.

Da entdeckt McAlbride einen roten Fleck an Silvias linker Hand.
Als er sich diesen nun genauer betrachtet hat, stellt er fest, dass es sich hierbei um Blut handelt.
Auf die Frage, woher es stamme, gibt sie zur Antwort, dass sie sich an einem heruntergefallenen Spiegel verletzt hätte, und dass es sich um ihr eigenes Blut handeln würde.
Leech erklärt daraufhin, dass er gerne die Scherben sehen würde.
Nun bleibt Silvia keine andere Wahl mehr, als die Wahrheit zu sagen.
Sie erwidert, dass sie heute Abend noch einmal außer Haus gewesen ist.
Nach dem Tod ihres Mannes wollte sie den Notar nach dessen Heimkehr besuchen.
Hierbei wäre sie am Haus von Jacqueline vorbeigekommen, wo sie seltsame Laute vernommen hätte.
Als sie sich der Bleibe genähert hat, blickt sie durch eines der Fenster und hat mit ansehen gemusst, wie die Frau ermordet worden ist.
Der Mann, der die Tat begangen hat, hat genauso ausgesehen wie Jack Miller. Sie hätte genau beobachtet, wie der Mann seinem Opfer die Kehle durchschnitt.
Hierauf hätte sie schreien müssen, was der Mörder wohl vernommen hat.
Sofort hätte wendet er seine Blicke zum Fenster gewendet, wo er sie entdeckt hat.

In ihrer Angst wäre sie direkt zum Haus des Notares gelaufen, wo sie sich Schutz vor dem verrückten Miller erhofft hat.
Es wäre jedoch anders gekommen.
Zuerst hätte Jack den Notar getötet und danach versucht auch ihr den Gar auszumachen.
Sie gibt an, beinahe von dem Mörder erwischt worden zu sein, daher käme auch die Verletzung an der Hand.
Jedoch ist Jack Miller, über ein nach oben gebogenes Bodenbrett, gefallen, was ihr die Flucht ermöglicht hat.
Als sie nun davon gelaufen ist, hat sie sehen können, wie der Verrückte in den Wald geflohen ist, als ein Bauer durch die Tür das Haus des Notares betreten hat und sofort nach der Polizei rief.
Sie selbst wäre auf direktem Wege nach Hause gerannt und habe sich in ihrem Zimmer von dem erlittenen Schock erholt.

Skeptisch lauschen die beiden Polizisten den Ausführungen der Frau und wollen nun wissen, warum sie diese Geschichte nicht direkt erzählt hätte.

Hierauf erwidert die Dame, dass sie nicht genauso dumm dastehen wollte, wie der Bäckermeister Short am heutigen Morgen, als er von seiner Begegnung mit Jack Miller berichtet hat.

Weiterhin habe sie ja gesehen, wie der Bauer das Haus des Notares betreten hat, sodass sie sich sicher gewesen ist, dass die Polizei von der Tragödie, um die beiden Menschen alsbald erfahren wird.

Nun möchte Leech noch wissen, ob sie beim Notar nach dem Testament ihres Mannes gesucht, und ob sie es auch gefunden hat.
Beides verneint Silvia und entschuldigt sich zugleich für ihre Lüge.
Der Polizist nimmt die Entschuldigung an und verfügt, dass Silvia sich morgenfrüh als Allererstes bei der Polizei melden soll, damit diese ihre Aussage protokollieren und mit denen anderer Zeugen abgleichen kann.
Nachdem die Mutter versprochen hat, diesem Befehl Folgezuleisten, fragt McAlbride noch einmal nach, ob sonst noch jemandem etwas einfallen würde, was er bis jetzt vergessen hat, zu erwähnen.
Da dies nicht der Fall ist, verabschieden sich die beiden Polizisten von der Familie und machen sich auf den Weg zu ihrem Kollegen, von dem sie sich erhoffen, dass er neben dem Testament des Bürgermeisters, auch noch ein paar Hinweise auf einen anderen Mörder, als Jack Miller gefunden hat.

Als Miller und Leech im Polizeirevier ankommen, erwartet sie Smart bereits.
Er begrüßt sie mit den Worten:

»Ich hoffe, dass wenigstens ihr etwas Neues herausgefunden habt!«

Dies führt bei den Kollegen anderen nicht unbedingt zu großen Begeisterungsstürmen.

Smart berichtet, dass er überhaupt keine Papiere in der Wohnung des Notars gefunden hat, was die Gesetzeshüter zu der Überlegung veranlasst, dass der Notar seine Unterlagen an einem anderen Ort, als in seinem Haus, aufbewahrt hat.
Da es mittlerweile aber schon nach Mitternacht ist, wollen sie den Gehilfen des Notars am folgenden Morgen aufsuchen. Nachdem auch Leech und McAlbride ihren Bericht abgeliefert haben, legen sich die drei Männer schlafen.

Kapitel 9

Lynx beginnt ihre Ermittlungen

Auf dem Weg zum Schwarzen Moor habe ich von meinem Begleiter einige wichtige Informationen erhalten.
So hat er mir alles erzählt, was sich im Laufe des Tages ereignet hat.
Auch vom Tod des Notars und der Frau hat er berichtet.
Ich habe zwar noch keine Ahnung, was die drei Todesfälle miteinander zu tun haben, aber da mein Bruder hier irgendwo in der Nähe ist, bin ich mir ziemlich sicher, dass sie in irgendeiner Verbindung zu ihm stehen.

Als wir durch den dunklen Forst geritten sind und der Nebel immer stärker geworden ist, habe ich die Anwesenheit meines Verwandten deutlich riechen können.
Je näher wir dem Ort der Ermordung des Bürgermeisters gekommen sind, desto intensiver ist die Spur geworden, die Sebastian hinterlassen hat.

Leider kann ich Benjamin nicht den wahren Grund meiner Anwesenheit offenlegen, da ich nicht weiß, wie er Vampiren gegenübersteht. Zur damaligen Zeit ist es ja durchaus üblich gewesen, Kreaturen wie mich, zu jagen und zu töten.

Nicht auszudenken, was dies für die Zukunft der Menschen für Folgen gehabt hätte.

Als wir den Tatort endlich erreichen, steige ich von meinem Pferd, begehe dieses Stückchen Land und suche nach Spuren, die auf meinen Bruder hindeuten mögen. Benjamin beobachtet mein Tun mit Neugier und Skepsis.

Wir verbringen etwa zehn Minuten an dem Ort des Verbrechens, bevor ich eine Witterung aufnehmen kann.
Ich besteige mein Pferd und bitte Benjamin hier zu warten.
Da er bereits sehr Müde gewesen ist, gehorcht er und hockt sich auf einen größeren Felsen und stützt seinen Kopf auf seine Arme.
Ich mache mich alleine auf den Weg und folge der Spur, die mein Bruder in der letzten Nacht hinterlassen hat.
Auf der Fährte frage ich mich, warum er ausgerechnet den Bürgermeister getötet hat.

Normalerweise tötet er nur Menschen, die jemandem im Weg stehen, um so die Möglichkeit zu haben, dessen Blut zu bekommen.
Wer könnte vom Tod des Ortsvorstehers profitieren?
Wer ist durch den Tod der Frau und des Notares besser gestellt?
Meine vampirische Intuition sagt mir, dass die Lösung der Rätsel bei der Frau liegen.
Sie muss das Bindeglied zwischen dem Bürgermeister und dem Notar sein.
Ob sie eine Geliebte gewesen ist?
Ich grübel noch einige Zeit herum und bemerke so nicht, dass der Nebel, um mich herum, immer dichter wird.
Plötzlich wird mir bewusst, dass ich nicht einmal mehr den Kopf meines Pferdes erkennen kann.
Ich halte an.
Ich steige von meinem Gefährten und vertrete mir kurz die Beine.
Der Geruch meines Bruder ist immer noch sehr intensiv vorhanden.

Dann glaube ich, ein Knacksen zu vernehmen.
Es hört sich so an, als wäre jemand hinter mir.
Ich warte einen Moment und lausche.
Nichts!

Gar nichts!
Meiner Nase nach ist Sebastian zwar hier gewesen, aber nicht mehr heute Abend.
Ich besteige mein Pferd also wieder und reite langsam weiter.
Immer tiefer treibt es mich in den dichten Forst.
Um weniger gut erkannt zu werden, hebe ich die Kapuze meines Mantels nun über meinen Kopf.
Es ist eine sehr unwirkliche Gegend, in der ich mich hier befinde.
Die Bäume sind bestimmt schon mehrere hundert Monde alt und die Ruhe, die mich umgibt, lässt mich daran Zweifeln, dass es hier tatsächlich irgendwelche Tiere zum Beobachten gibt.
Kein Laut ist zu vernehmen, kein Rascheln oder ein sonstiges Geräusch, das nicht von mir oder meinem Pferd stammt, ist zu hören.

Dann ist da plötzlich wieder dieses Knacksen.
Diesmal bin ich mir ziemlich sicher, etwas gehört zu haben.
Ich steige erneut von meinem Reittier herab, binde es an einen Baum und lege mich knapp drei Meter neben dem Weg auf den Boden.

Es dauert etwa eine Minute, dann ist das Geräusch wieder zu vernehmen.
Dann kann ich jemanden erkennen.

Es ist ein Mann.
Er geht an mir vorbei.
Ich stehe auf und in eben diesem Moment, schlägt mich diese Gestalt mit einem dicken Ast nieder!
Wie ein Stein den man von einer Klippe wirft, gehe ich zu Boden und liege erneut auf meinem Bauch.
Ich bin zwar nicht bewusstlos geworden, aber doch stark benommen.

Dann trifft mich ein zweiter Schlag am Kopf.
Kurz darauf spüre ich, wie mich jemand an meinem Mantel packt und anhebt.
Ich werde aufgerichtet, und als der Mann mir meine Kapuze vom Kopf zieht, trifft ihn fast der Schlag, als er erkennt, dass ich nicht Jack Miller, sondern eine harmlose, schwache Frau bin.
Er erkundigt sich, was ich denn nachts, um diese Zeit, und in jenen Tagen, alleine, mitten im Wald, zu suchen hätte - was ich ihm in meiner momentanen Verfassung nicht beantworten kann.
Als er sich nun um mich kümmern will, indem er mich gegen einen Baumstamm setzt und mir meinen Kopf streichelt, kommen ihm ein paar sehr kranke Gedanken in den Sinn, die sein Schicksal besiegeln.
Da er erkennt, dass ich keine Dame aus der Gegend bin, will er meine Situation zur

Befriedigung seiner körperlichen Gelüste ausnutzen.

Im ersten Moment bin ich noch zu schwach gewesen, mich seiner physischen Übermacht zu erwehren, aber kurz bevor er meinen Eisenbrustpanzer öffnen kann, bin ich wieder soweit, ihm Paroli zu bieten.
Ich fahre meine Hauer aus, lasse meine Pupillen aufleuchten und wie ich daraufhin sehe, dass er nochmal so bleich wird, wie ich es normalerweise bin, hänge ich auch schon in seiner Halsschlagader und nähre mich an seinem roten Gold.
Was für ein Gefühl.
Es ist höchste Zeit für mich gewesen, mal wieder vom Blut eines Menschen zu kosten.
Mit jedem Liter, den ich ihm aussauge, spüre ich, wie meine Kraft und Vitalität zurückkehren.
Was für ein Moment dies jedes Mal ist.
Das Gefühl, zu spüren, dass man seine eigene Kraft, um das Hundertfache eines normal Sterblichen steigern kann, und an ihm saugt, bis er vollkommen leer ist.

Nach etwa fünf Minuten habe ich ihn völlig gelehrt und beiseitegelegt.
Damit man nicht zu schnell bemerkt, dass er Bissspuren an seinem Hals trägt, schlage ich ihm mit meinem Schwert den Kopf ab und werfe ihn ein paar Meter weiter ins Unterholz.

Dann wische ich mir da Blut vom Mund ab und erfreue mich meiner neu errungenen Kraft.

Als ich mich nun umdrehe, trifft mich fast der Schlag.
Es ist Benjamin, der da plötzlich hinter mir auftaucht.
Er will wissen, was denn los sei.
Er hätte Laute gehört, die wie die eines Kampfes geklungen haben, und da sei er mir gefolgt, um mich gegen eventuelle Angreifer zu schützen.

Als ich dies gehört habe, aus diesem süßen Mund des kleinen Mannes, habe ich endgültig mein Herz an ihn verloren.
Ich streichele ihm über seine von der Kälte rot glänzenden Wangen und erkläre ihm, dass alles in Ordnung sei.
Ich sage, dass es ein paar Probleme mit meinem Pferd gegeben hat, dass es jetzt aber wieder in Ordnung wäre.
Er ist zufrieden und fragt, ob wir wieder zurück ins Dorf reiten können, was ich bejahe.
Als er sein Pferd bestiegen hat, tue ich es ihm gleich, sehe mich nochmal um, und folge ihm dann zurück nach Fogwood – Village.

Dort angekommen trennen sich unsere Wege erst einmal wieder.

Benjamin geht nach Hause, um noch etwas
Nachtruhe zu finden, während ich ins
Polizeirevier gehe und mir die drei Leichen
der Ermordeten ansehe.
Es ist ein Leichtes gewesen, das Haus zu
betreten, da nicht einmal die vorderste Tür
abgesperrt gewesen ist, was ich sehr
leichtsinnig und unvernünftig finde.
So kann jeder der möchte, einfach eintreten
und an den Beweisen oder sonstigen
Gegenständen in dem Gebäude
herumspielen.

An der Stelle möchte ich übrigens mal
festhalten, dass es wirklich ein großer Segen
ist, dass Leichen heutzutage in
Kühlkammern aufbewahrt werden, und nicht
einfach auf einem Holzbrett im Keller liegen,
wie es damals in Fogwood noch üblich
gewesen ist.

Die Untersuchung der Leichen hat ein sehr
interessantes Ergebnis gebracht!
Im ersten Moment hat es nämlich so
ausgesehen, als ob sich nur an der Leiche
des Notares ein Vampir vergriffen hat.
Unterhalb des abgetrennten Kopfes sind
eindeutig Zahnabdrücke eines Blutsaugers
zu erkennen gewesen.
Zu meiner Beunruhigung sind es aber nicht
die Zähne meines Bruders gewesen, die sich
hier in den Hals gebohrt haben.

Sebastian ist also nicht allein.

Nach genauerer Prüfung der Toten habe ich aber den Geruch meines Bruders, an allen drei Körpern feststellen können.
Dies deckt sich nun aber nicht ganz mit Benjamins Erzählung, dass ein einzelner Mann die drei Personen getötet hat.
Zumindest beim Notar musste mehr als ein Vampir am Werk gewesen sein.

Aber das, was ich hier erfahren wollte, habe ich erfahren.
Mein Bruder ist für die Tötungen verantwortlich.
Aber warum?
Erneut frage ich mich warum ausgerechnet diese Männer und Frauen?
Wer profitiert vom Tod dieser Menschen?
Es gibt nur einen Ort, an dem ich die Antworten auf diese Fragen erhalten kann:
Im Haus des Notares!

Auch hier ist es ein Leichtes gewesen, einzubrechen, da ein Fenster offen gestanden hat.
Ich drehe mich noch einmal um, damit ich feststellen kann, dass mich keiner beobachtet, und dann betrete ich das Haus

des Toten durch diese Öffnung. Hier muss ich zu meiner Verwunderung feststellen, dass ich das Schlafzimmer meines Freundes Benjamin betreten habe.

Leise schleiche ich mich durch den Raum und betrete das Arbeitszimmer des Verstorbenen.
Hier finde ich etwas vor, was man wohl als geordnete Unordnung bezeichnen würde.
Somit stelle ich mir die Frage, wo ich in diesem Durcheinander die Unterlagen meines wichtigsten Klienten aufbewahren würde.
Ich sehe mich um, entdecke diesen Ort und finde hier tatsächlich Papiere.
Ich gehe zum Schreibtisch und beginne sie zu studieren.
Hierbei muss ich allerdings erkennen, dass der wichtigste Klient des ehrenwerten Notares nicht unser guter Herr Bürgermeister ist, sondern ein Leichte-Mädchen-Händler aus dem fernen Orient, mit dem zusammen er zwei Freudenhäuser in London geleitet hat.

Da ich heute einen guten Tag habe, werfe ich die Papiere ins Feuer des Kamins, wobei ich mich in diesem Moment frage, wie es kommt, dass hier überhaupt noch ein Feuer brennt.
Ich richte mich sofort auf und versuche zu erschnüffeln, ob sich hier noch jemand befindet.

Dem ist nicht so.

Also fahre ich mit meiner Suche fort.
Nachdem ich mich eine Stunde lang umsonst durch die Unterlagen des Toten gearbeitet habe, kommt mir der Gedanke mal im Kamin zu suchen, wo ich dann auch tatsächlich einen lockeren Stein entdecke, der mir alsbald gibt, wonach es mir begehrt.
Aber genau in dem Moment, als ich die Papiere im Licht der Lampe zu studieren beginnen möchte, höre ich, dass sich eine Tür öffnet.
Es ist die Haustüre und nicht etwa die des Raumes, in dem Benjamin schläft.
Schnell krieche ich unter den Schreibtisch und harre der Dinge, die nun passieren mögen.
Nach kurzer Zeit kann ich die Beine eines Mannes und die einer Frau erkennen.
Die Dame erklärt dem Herrn, dass sie eben schon eine geschlagene Stunde nach den Papieren, die ich in Händen halte, gesucht habe, ohne sie zu entdecken.
Es stellt sich dann auch heraus, dass es die Frau gewesen ist, die das Feuer angezündet hat.
Das hätte sie mal besser sein lassen, aber ich denke, jemand der ein Feuer anzündet, um heimlich in der Wohnung eines toten Notares nach so gut versteckten Unterlagen zu

suchen, wäre wohl auch nicht auf die Idee
gekommen, im Kamin nachzusehen.

Jedenfalls ist es so gewesen, dass die beiden
sich bis kurz vor Sonnenaufgang in dem
Raum aufgehalten haben, bevor sie nach
Hause gegangen sind, sodass ich die
Unterlagen mitnehmen und erst am
kommenden Abend lesen kann.
So bin auch ich in dieser Nacht nur um die
Dinge schlauer geworden, die ich in der
Leichenhalle herausgefunden habe und
Benjamin mir mitgeteilt hat.

Kapitel 10

Tod eines Verdächtigen

Als die Sonne den Tag erhellt, sind die drei Polizisten bereits mit dem Frühstück fertig, und diskutieren was sie bis jetzt herausgefunden haben.
Hierfür bedienen sie sich der Notizen des fleißigen Leech.
Dieser stellt nun fest, dass es bis jetzt einen toten Bürgermeister gegeben, einen Notar, der das Testament desselben verwaltet hat, und eine Frau, deren Mord sich nicht nur von den beiden anderen unterscheidet, sondern auch nicht in einer Beziehung zu den anderen Opfern steht.
Des weiteren ist da die Frau des Bürgermeisters, welche die Polizei belogen hat, und an den Tatorten der beiden letzten Morde gewesen ist.

Dann gibt es noch deren Kinder Paul und Virginia.
Während die Tochter sich völlig normal verhält, ist bei ihrem Bruder auffällig, dass er

immer sehr nervös wird, wenn das Gespräch auf seinen toten Vater gelenkt wird.
Dies ist ebenso bei seiner Mutter, als auch bei Virginias Ehemann, Thomas McGregor, zu beobachten.

Es gilt also festzuhalten, dass Silvia, Paul und Thomas irgendetwas Unbehagen bereitet, was im Zusammenhang mit dem Tod des Bürgermeisters steht.

Nun sehen sich die Beamten die Todesarten an.
Der Ortsvorsteher und der Notar sind enthauptet worden, während man Jacqueline Smith die Kehle durchgeschnitten hat.
Hier wendet McAlbride nun ein, dass es daran liegen könnte, dass der Mörder durch Silvias Anwesenheit nicht mehr dazu gekommen ist, der Frau das Haupt abzutrennen.
Bevor er seine Tat vollendet hat, hat er entscheiden müssen, die Witwe des Bürgermeisters zu verfolgen, die in das Haus des Notars geflüchtet ist.
Es kann ja auch sein, dass dieser nur deshalb sterben musste, weil Silvia in dessen Haus gekommen ist, merkt der ortsansässige Polizist an.

Die Kollegen betrachten sich fragend und lassen diesen Punkt nun erst einmal offen.

Als Nächstes beraten sie die Tatorte und die Mörder.

Es hat zwei Morde im Dorf gegeben und einen im Moor.
Bis jetzt haben die Polizisten jeden Grund zu glauben, dass der Bürgermeister freiwillig ins Moor hinausgegangen ist. Aber warum?
Und wer ist der vierte Mann gewesen, der sich in der Amtsstube befunden hat?
Immerhin hat der Bäckermeister beobachtet, wie der Bürgermeister und die beiden Ausländer über dem Vertrag gehockt haben.

Smart erinnert sich an die Ausführungen von Short, der eindeutig erklärt hat, dass es vier Männer gewesen sind, die sich in diesem Raum befunden haben.

Erneut sehen sich die Polizisten ratlos an.
Dann fällt Leech aber ein, dass es sich bei dem vierten Herrn nur um McGregor handeln könnte, der ja gesagt hat, dass er den Vertrag zusammen mit seinem Vorgesetzten aufgestellt hat.
Damit scheint auch dieser Punkt geklärt zu sein.
Allerdings fällt Smart kurz darauf ein, dass McGregor ausgesagt hat, dass er die beiden

Australier nie zu Gesicht bekommen hat
und dass er auch ihre Namen nicht kennen
würde.
Somit kann er es nicht gewesen sein, der sich
zusammen mit dem Bürgermeister, in diesem
Zimmer aufgehalten hat.

Leech räumt ein, dass er aber auch gelogen
haben könnte, was wiederum zu der Frage
führt, weshalb er nicht die Wahrheit gesagt
hat.

Kurze Zeit denken die Polizisten darüber
nach, bevor Smart seine Theorie äußert, dass
es sich bei den zwei Australiern auch um
Mörder handeln könnte, die McGregor
angeheuert hat, um das Opfer in einen
Hinterhalt im schwarzen Moor zu locken.
Dort hat es dann so aussehen sollen, als
hätte ein Jack Miller den Mord begangen,
sprich ein Nachahmungstäter.

Die Polizisten nehmen diese Theorie als
Möglichkeit in ihre Überlegungen mit auf.

Allerdings würde das immer noch nicht den
Tod der Frau erklären.

Nach einer erneuten Grübelei kommt
McAlbride dazu zu sagen, dass sie eventuell
in jener Nacht zufällig an diesem Ort gewesen

ist und den Mord beobachtet hat – ebenso wie der Bäcker.

Auch dies nehmen die Ordnungshüter in ihre Aufzeichnungen mit auf.

Gerade als sie weitere Überlegungen anstrengen wollen, kommt Virginia weinend in die Stube der Polizisten gelaufen.
Sie teilt den Beamten mit, dass ihre Mutter ermordet in ihrem Bett liegen würde.

Die drei Männer sind geschockt.
Dies passt nun gar nicht in das bisher zustande gekommene Bild des Falles.
Aber es hilft nichts.
Sofort machen sie sich auf den Weg zum Anwesen der Bürgermeisterfamilie.
Dort angekommen müssen sie sehen, dass Silvia auf dieselbe Art getötet worden ist, wie ihr Mann und der Notar.
Wie bei Letzterem ist das Haupt des Opfers auf eine Blumenvase gestellt worden, welche sich auf dem Nachttisch der Dame befindet.
Es sind keine Spuren eines Kampfes zu entdecken, weshalb die Polizei davon ausgeht, dass Silvia im Schlaf ermordet worden ist.
Nachdem sich die Ordnungshüter eine Weile in dem Raum umgesehen haben, befehlen sie alle im Haus befindlichen Personen ins Wohnzimmer.

Hier treffen sie nun Maria, Paul und Virginia.
Auf die Frage, wo denn ihr Ehemann Thomas McGregor sei, erwidert die junge Frau, dass er die Nacht bei sich zu Hause, unten im Dorf, verbracht hat, da er die heute anstehende Beerdigung des Bürgermeisters organisieren muss, und so schneller vor Ort sei.

Nun wollen die Polizisten wissen, ob nur die drei im Raum befindlichen Personen und Silvia heute Nacht im Haus gewesen wären, was alle miteinander bejahen.
Die Frage, ob jemand etwas Verdächtiges gehört oder gesehen hätte, beantworten alle mit „Nein".

Frustriert vom Tod der Frau ziehen die Polizisten alsbald wieder von dannen, um sich in ihrer Amtsstube ein neuerliches Bild von der Gesamtsituation zu machen.

Silvia, das ist ihnen nun klar, fällt aus dem Kreis der Verdächtigen heraus.

Als möglicher Täter kommt den Gesetzeshütern nun der Sohn in den Sinn, der eigentlich der Erbe des Vermögens seiner Eltern sein sollte.
Sie beraten sich, ob sie den jungen Mann unter dem Verdacht, die vier Leute ermordet

zu haben, einsperren sollen, oder ob es ihnen an den nötigen Anhaltspunkten fehlt, so etwas vor einem Londoner Richter zu rechtfertigen.

Sie überlegen sich, dass sie unbedingt das Testament des Bürgermeisters finden müssen, um hier eine bessere Aussicht zu haben, den jungen Mann dingfest zu machen.

Kurz darauf entscheiden die Polizisten sich also den Gehilfen des Bürgermeisters aufzusuchen, damit er ihnen das gesuchte Dokument aushändigt, falls es sich in dem Haus des Notares befindet.

Allerdings wird das Vorhaben der Polizisten durch die Entdeckung einer weiteren Leiche gestört.

Diesmal berichtet ein Bauer, dass er eine enthauptete Person im Wald gefunden hat. Leech und Smart folgen dem Mann zum Fundort der Leiche, während McAlbride zum Haus des Notares geht, um hier mit Benjamin zu sprechen.

Als die beiden Polizisten am Tatort ankommen, stellen sie sofort fest, dass es sich hierbei um die gleiche Tötungsweise

handelt, die bereits bei dem Ehepaar und dem Notar angewendet worden ist.
Der Bauer, der den Leichnam entdeckt hat, erklärt, dass es sich bei dem Toten um seinen Bruder Stephen handeln würde.
Er wäre gestern Abend gegen 21 Uhr ins Moor aufgebrochen, weil er etwas spazieren gehen wollte.
Sein Bruder hätte dies etwa zwei bis dreimal in der Woche so getan, sodass er sich nichts dabei gedacht hat, als er gegen 22 Uhr immer noch nicht zurück gewesen ist, da diese Spaziergänge schon mal zwei bis drei Stunden gedauert hätten.
Erst als er heute Morgen immer noch nicht nach Hause gekommen sei, hätte er angefangen, sich Sorgen zu machen, und wäre in Wald gegangen, um nach seinem Bruder zu suchen.

Als Erstes untersucht Leech die Taschen des Opfers und stellt fest, dass sich hierin noch etwas Geld befindet, was ausschließen lässt, dass er überfallen und beraubt worden ist.

Smart erkundigt sich nun, ob Stephen in irgendeinem, wie auch immer aussehenden, Verhältnis zur Bürgermeisterfamilie stehen würde, was sein Bruder Erwing sofort und eindeutig verneint.
Er erklärt, dass die beiden sich immer nur um sich selbst gekümmert hätten, und bis

auf ein, einmal die Woche stattfindendes Einkehren in die Dorfschenke, hätten sie gar keinen Kontakt zu den anderen Dorfbewohnern gepflegt.
Er begründet dies damit, dass er und sein Bruder Schotten seien, die hier in Fogwood – Village keinen besonders guten Ruf genießen würden.

Hierauf würde Leech gerne wissen, ob es schon mal Anfeindungen durch andere Dorfbewohner gegeben hätte, und ob er einen Verdacht hegen würde, wer denn seinen Bruder ermordet haben könnte.
Erwing erwidert, dass es nie irgendwelche Auseinandersetzungen mit anderen Leuten hier im Ort gegeben hätte, und dass für ihn zweifelsfrei feststeht, dass Jack Miller seinen Bruder getötet hat.

Smart will von dem Bauern wissen, wie er sich da so sicher sein kann.
Er meint, dass es doch viel wahrscheinlicher wäre, wenn es jemand aus dem Dorf wäre, der 100 Jahre, nachdem sich Jack Miller hier im Moor das Leben genommen hat, die Morde nachspielen würde.

Dem entgegnet Erwing, dass Miller seine Morde an einem einzigen Abend begangen hat, und dass es niemanden hier im Ort geben würde, der für die Taten in Frage käme.

Leech fragt, wie er dazu kommt, dies zu behaupten, was der Bauer mit der Äußerung erklärt, dass die Polizei bis jetzt niemanden verhaftet hätte, und deshalb doch eigentlich davon auszugehen ist, dass alle Bewohner des Ortes einwandfreie Alibis haben müssen.

In diesem Moment fällt den beiden Gesetzeshütern ein, dass sie bis zum jetzigen Zeitpunkt noch keine allgemeine Befragung bei den Dorfbewohnern durchgeführt haben. Da es ihnen aber zu peinlich ist, dies zuzugeben, nicken sie bestätigend und blicken hierbei in das Gesicht des schelmig grinsenden Bauern.

»Mich haben Sie aber vergessen zu befragen!«, stellt Erwing lächelnd fest.

Die Polizisten bekommen einen hochroten Kopf, und gerade als der völlig verlegene Leech nach dem Alibi des Bauern fragen will, kommt Benjamin angelaufen.

Er ist in seiner Tätigkeit als Telegrammzusteller unterwegs und überreicht Smart ein Schreiben aus London. Es enthält eine Mitteilung der vorgesetzten Dienststelle, die darum bittet, täglich über

die Fortschritte der beiden Ordnungshüter in Kenntnis gesetzt zu werden.
Nachdem er das Schreiben zu Ende gelesen hat, nimmt Smart den Burschen beiseite und teilt ihm leise mit, dass er sich im Dorf zu McAlbride begeben soll, und dass er von jedem Bewohner des Dorfes das Alibi zu den verschiedenen Tatzeiten feststellen soll.
Benjamin verspricht diese Anweisung auszuführen und verlässt den Tatort geschwind wieder.
Als er sich einige Meter entfernt hat, fällt ihm die dicke Eiche ein, an der Lynx gestern Nacht ihr Pferd angebunden hat.
Es ist derselbe Baum gewesen.
Um ganz sicher zu gehen, nicht falsch zu liegen, geht er noch einmal zurück und betrachtet sich sowohl den Baum als auch den Körper des toten Bauers ein weiteres Mal.
Als Leech ihn fragt, was er schon wieder hier wolle, erwidert er, dass er vergessen habe, was er McAlbride mitteilen soll.
So kann er sich noch ein weiteres Mal mit dem Polizisten beiseitestellen und einen genauen Blick auf den Toten werfen.
Nun ist er sich sicher, dass es sich bei dem Mann, um den einen handelt, den er gestern Nacht gesehen hat.

Auf dem Rückweg ins Dorf stellt er sich nun die Frage, was seine bekannte Lynx mit

diesem und auch vielleicht mit den
anderen Todesfällen zu schaffen hat.
Ihm ist jedenfalls bewusst, dass er sie kurz
nach dem Mord am Bürgermeister das erste
Mal in Fogwood gesehen hat.

Als er das Dorf nun erreicht, sucht er sofort
den örtlichen Polizisten auf, und erklärt ihm,
was er zu machen hat.

Bevor McAlbride aber die Anweisung
ausführt, bittet er Benjamin, ihm zu zeigen,
wo der Notar die von der Polizei gesuchten
Unterlagen aufbewahrt.
Zusammen gehen sie ins Haus des Toten, wo
Benny das Testament aus seinem Versteck
hervorholen will.
Er staunt nicht schlecht, als er feststellen
muss, dass es jemand gestohlen hat.

Der Polizist erklärt, dass er sich dies schon
gedacht habe, bittet Benjamin aber es doch
nochmal an anderen Orten im Haus zu
versuchen und sich daran zu erinnern, wer
denn alles in den letzten Tagen hier gewesen
ist.
Wenn er es finden, oder ihm ein
merkwürdiges Ereignis einfallen würde, bittet
der Ordnungshüter darum, dass sich der
Bursche bei ihm melden soll.
Benjamin gehorcht und macht sich auf die
Suche.

McAlbride stattet derweil den einzelnen Dorfbewohnern einen Besuch ab, damit er deren Alibis feststellen kann.

Kapitel 11

Die Beerdigung

Gegen 14 Uhr an diesem Mittag findet die Beerdigung des Bürgermeisters statt.
Es regnet und stürmt heftig, was zur Folge hat, dass zwei der Sargträger ausrutschen und zu Boden fallen.
Dasselbe passiert mit dem Ortsvorsteher.

„Das ganze Dorf ist auf den Beinen und durch die lauten Glockenschläge bin ich aus meinem tiefen Schlaf geweckt worden.
Deshalb habe ich mich vor mein Fenster gestellt und durch den schwarzen Stoff meines Umhanges hindurch beobachtet, wie man den Mann zu Grabe getragen hat.
Was ich nicht geahnt habe, ist gewesen, dass Benjamin über ein sehr gutes Sehvermögen verfügt, was zur Folge hat, dass er mich sehen kann, und mir direkt nach dem Begräbnis einen Besuch abstattet.

Er hat wissen wollen, was ich wirklich hier machen würde.

Er hat mir gesagt, dass er den toten Bauern, den die Polizisten heute Morgen entdeckt haben, gestern Nacht im Wald gesehen hätte, und dass er genau an „der" dicken Eiche gefunden worden ist, an der er mich gestern Abend wieder getroffen hätte.

Im ersten Moment habe ich keine gute Antwort auf seine Behauptung gewusst.
Aber die Strenge und Stärke, die er in diesem Gespräch an den Tag gelegt hat, haben meine Gefühle zu ihm noch stärker werden lassen.
Ich habe ihm nun nicht mehr widerstehen können.
Ich habe mich ihm angenähert und mich an ihn gedrückt.
Was für ein herrliches Gefühl.
So nah bin ich in den letzten 500 Monden keinem Mann mehr gekommen.
In mir ist eine Hitze aufgestiegen, wie ich sie schon seit Jahrhunderten nicht mehr erlebt habe.

Allerdings ist der Bursche von meiner Reaktion völlig verwirrt gewesen.
Er hat mich gefragt, ob ich ihn nun auch töten wolle, was ich mit Empörung abgelehnt habe, und ihm erst einmal erkläre, dass ich keine der Personen umgebracht habe.
Ich sage ihm in meiner Verzweiflung, dass ich eine geheime Mission zu erfüllen habe, und direkt aus Amerika kommen würde, um das

Geheimnis dieser seltsamen Todesfälle zu lösen.

Ich weiß zwar nicht, woran es gelegen hat, aber Benjamin hat mir diese Geschichte geglaubt.
Er hat mir versprochen, mich keines Falls gegenüber den Polizisten zu erwähnen, obwohl ich ihn nicht einmal darum gebeten habe.
Aber dies kam mir sehr recht, und als ich ihm daraufhin einen Kuss gegeben habe, ist es mit meiner Selbstkontrolle endgültig dahin gewesen.

Als ich seine Kleider auf den Boden geworfen habe, kann ich seine glatte, junge Haut sehen, die noch so jungfräulich und rein gewesen ist, dass ich gar nicht genug daran herumlecken und küssen gekonnt habe.
Ich habe den Jüngling auf mein Bett gestoßen und ihn dort mit allem, was ich in den letzten Jahrhunderten an Liebestechniken gelernt habe, verwöhnt.

Auch in einer weiteren Besonderheit, die man der Jugend noch bis heute nachsagt, hat Benjamin vollkommen überzeugt.
Er ist so standhaft und stark mit seinem Glied gewesen, dass er mich mehrmals in die höchsten Freuden, die eine Frau erleben

kann, geschickt hat, und dabei selbst mehrfach seine Freude erlebt.

Nachdem er dann aber keinen Ritt mehr tätigen kann, lege ich mich neben ihn, und er hat mir erklärt, dass er nicht nur etwas Derartiges noch nie in seinem Leben getan hat, sondern, dass es auch so das erste Mal gewesen ist, dass er sich einer Frau hingegeben hat.

Daraufhin sehe ich ihn verliebt an und teile ihm mit, dass es mit Sicherheit nicht das letzte Mal gewesen ist, dass er dies mit mir erlebt hat.
Diese Äußerung erfreut Benjamin so sehr, dass sich sein Schweif ein weiteres Mal, wie eine frisch gedrehte Kerze, senkrecht aufgestellt hat."

»Siehst du! So schnell kann das gehen!«, sage ich frech grinsend und reite erneut auf meinem starken Liebhaber, einem Höhepunkt entgegen.

Kapitel 12

Jacquelines Söhne

Unmittelbar nach der Beerdigung treffen sich die drei Polizisten in ihrer Amtsstube, um sich über die jüngsten Ereignisse auszutauschen.
Sie fragen sich, was es mit der Ermordung des Bauern auf sich haben könnte, und was dieser nun mit bisherigen Morden zu tun habe.

Leech gibt sich sicher, dass Jacquelines und Stephens Tötung Ablenkungsmanöver sind, um die Polizei zu verwirren.
Er äußert, dass er der Überzeugung ist, dass es hier alleine um die Ermordung des Bürgermeisterehepaares und des Notars gegangen ist.

McAlbride gibt aber zu bedenken, dass es sich bei Jacqueline durchaus um eine Geliebte des toten Ortsvorstehers handeln kann, und dass Stephen ein Zeuge einer Ermordung oder auch ein Erpresser hat sein können.

Er begründet seine Überzeugungen damit, dass die tote Frau Smith nicht gerade den Ruf einer keuchen Person genossen hat, und dass Stephen gerne einmal etwas zu neugierig gewesen ist. So hat er auch mal Dinge in Erfahrung gebracht, die nicht für seine Ohren bestimmt gewesen sind.

Insgesamt sind sich die Polizisten aber sicher, dass entweder Paul oder Thomas hinter den Morden stecken, weshalb sie sich nun entschließen, diese ins Polizeirevier zu bringen, wo man sie solange verhören wird, bis sie gestehen, oder alles was sie wissen, erzählt haben.

So brechen Leech und Smart auf und verhaften die beiden Männer.
Als sie diese nun in ihrer Amtsstube verhören, beschwören beide, keinen der Ermordeten getötet zu haben.
Da sich die Polizisten derzeit keinen anderen Rat wissen, sperren sie die beiden über Nacht in eine Zelle.

Danach gehen die Ordnungshüter in ihren wohlverdienten Feierabend.

Kapitel 13

Tod eines Erben

Als die Uhr der Kirche elfmal schlägt, stehen Benjamin und ich aus meinem Bett auf, und ziehen uns an.
Ich erkläre ihm, dass ich noch einmal in den Wald hinaus reiten möchte, um den Mörder des Bürgermeisters zu suchen.
Er fragt mich, ob ich denn auch glauben würde, dass es der legendäre Jack Miller sei, der zurückgekommen ist und nun Rache an den Nachkommen seiner Jäger übt.
Ich erwidere ihm, dass Menschen die in Sümpfen sterben, niemals wieder zum Leben erweckt werden und Rache nehmen können.
Ich sage, dass solche Erwägungen vollkommen dümmlich und unsinnig sind.
Aber trotzdem verharrt der Bursche in seiner Meinung, dass es niemand anderes als Jack Miller sein könne, der die Morde begangen hat.
Ich habe dies dann so stehen lassen und nicht weiter mit ihm darüber gesprochen.

Kurze Zeit später sind wir dann in den Wald hinausgeritten.
Es ist schon wieder sehr neblig und nasskalt gewesen.
Der Boden ist von dem nachmittäglichen Sturm völlig aufgeweicht und rutschig gewesen.

Als wir das Schwarze Moor passiert haben, reiten wir langsam und so leise wie möglich, weiter Richtung Süden, da ich hier eine Fährte zu meinem Bruder ausmachen kann.

Plötzlich hören wir ein Pferd, welches schnell geritten wird, von hinten auf uns zu kommen.
Sofort begeben wir uns an den Rand des Weges und warten, bis der Reiter an uns vorübergezogen ist.
Nachdem er etwa 60, 70 Meter zwischen sich und uns gelegt hat, kommen wir wieder auf den Pfad zurück und ich atme tief ein.
Ich kann zwar den Gestank eines Vampires deutlich wahrnehmen, aber es handelt sich keineswegs um den meines Bruders.
Dies lässt mich vermuten, dass Sebastian mit zwei Komplizen zusammenarbeitet, die er als Australier getarnt hat und die für ihn die Drecksarbeit erledigen.

Nachdem der Reiter außerhalb unserer Hörweite ist, nehmen wir die Verfolgung auf.

Da ich über sehr gute Augen verfüge,
kann ich die frischen Spuren des Pferdes gut
erkennen. So ist es ein Leichtes für uns, dem
Weg des Vampires zu folgen.

Benjamin fragt, ob dieser Mann der Mörder
wäre, den wir suchen. Ich entgegne ihm, dass
selbst, wenn er es nicht ist, dann wird er uns
zumindest zu seinem Versteck führen.
Nach einer Weile allerdings erreichen wir eine
Lichtung.
Hier ist der Reiter ein paar Runden im Kreis
gelaufen und hat sich dann in irgendeine
Richtung aus dem Staub gemacht.
Ich steige von meinem Pferd ab und versuche
nun zu Fuß den eingeschlagenen Weg zu
entdecken, was mir aber nicht gelingt.
Dann aber erinnert sich Benjamin daran,
dass es hier in der Nähe nur einen Ort geben
würde, wo man sich verstecken könne:
Das Haus, indem Jack Miller sich versteckt
gehalten hat, bevor ihn die Leute in den Tod
getrieben haben.

Er erklärt mir, dass es außerdem ein cleveres
Versteck wäre, da sich niemand aus dem
Dorf auch nur in die Nähe dieser Stätte
wagen würde.
Also besteige ich mein Reittier wieder und wir
machen uns auf den Weg zu Jack Millers
Haus.

Als wir das Gebäude in der Ferne erspähen können, steige ich erneut von meinem Pferd ab und befehle Benjamin, dass er hier auf mich warten soll.
Da sich der Nebel mittlerweile verzogen hat, ist der Blick auf das alte, verfallene Holzhaus auch schon aus größerer Entfernung gut möglich.
Je näher ich dem Gebäude komme, desto intensiver wird der Geruch, der anderen Vampire, in meiner Nase.
Mich wundert allerdings, dass es kein präsenter Duft ist.
Es kommt mir fast so vor, als wäre hier niemand mehr.

Kurz darauf erreiche ich das Gebäude dann und muss tatsächlich feststellen, dass Sebastian und seine Komplizen zwar kürzlich hier gewesen sind, sich aber nicht mehr in meiner Nähe aufhalten.
Dies führt mich zu dem logischen Schluss, dass sie in eben diesem Moment erneut auf dem Weg ins Dorf sein müssen, um einen weiteren Mord zu begehen.
Es gilt also, keine Zeit zu verlieren.
Jeder Tote kann der Letzte sein, der ermordet werden muss, damit mein Bruder seinen Teil der Abmachung eingehalten hat, und die Menschheit in ihr Verderben stürzt.

Schnell renne ich zu Benjamin zurück
und erzähle ihm, dass die Mörder gerade
wieder auf dem Weg sind, ihr dunkles
Handwerk auszuführen.
So schnell es geht, reiten wir zurück nach
Fogwood – Village, wo ich den Vampirgeruch
unverkennlich wahrnehmen kann.

In einer kleinen Gasse neben dem Marktplatz
binden wir unsere Pferde an einem Pfahl fest
und schleichen uns durch den Ort.

Dann können wir zwei junge Männer
entdecken, die beide vornehme, schwarze
Anzüge tragen, und einen sehr eleganten
Eindruck machen.
Benjamin erklärt mir, dass es sich bei den
Herren um die Söhne der toten Mrs. Smith
handelt, die wohl aus London angekommen
sind, um hier die letzten Pflichtaufgaben für
ihre Mutter zu erfüllen.
Da die Männer in einer direkten Verbindung
zu den Morden stehen, entschließe ich mich
dazu, ihnen zu folgen.
Sie gehen eine Weile durch den Ort und
halten dann vor einem Haus, das mir mein
Begleiter als die Wohnstätte der alten
Hebamme und Lehrerin des Dorfes vorstellt.
Die jungen Männer klopfen an und nach
kurzer Zeit bittet die alte Dame, welche ihre
Tür geöffnet hat, einzutreten.

Gerade als ich mich aus meinem Versteck auf die andere Straßenseite begeben will, um etwas von den Gesprächen innerhalb des Hauses zu erfahren, kommt ein dritter Mann die Straße herunter.
Als Benjamin diesen erblickt, trifft ihn fast der Schlag.

»Das ist er!
Das ist Jack Miller!«, sagt er völlig aufgeregt und ängstlich.

»Wie kommst du bloß auf so einen Unsinn!?«, erwidere ich ihm belehrend.

»Es ist der Hut, Lynx!
Der Hut und die Stiefel!
Nur Jack Miller trägt einen solchen Hut und solche Stiefel!«, rechtfertigt er sich.

Ich betrachte mir nun den gelben Filzhut und die hellbraunen Stiefel des Mannes, der sich da dem Haus nähert, und muss feststellen, dass dies doch sehr spezielle Kleidungsstücke sind.
Jedoch finde ich sie etwas zu speziell für einen auferstandenen Mörder, zumal diese Kleider recht neu aussehen.
Aus diesem Grund habe ich einmal tief Luft geholt und mir so Klarheit darüber verschafft, dass es sich hierbei nicht um

einen Auferstandenen, sondern um einen meiner Artgenossen handelt.

Ich warte, bis er das Haus betreten hat, und folge ihm dann.
Benjamin befehle ich, die Polizei zu rufen, was er auch tut.

Als ich das Haus erreiche, ist bereits ein Kampf im Gange.
Die beiden Männer versuchen sich gegen den übermächtigen Gegner zu verteidigen, was ihnen letztendlich in Form einer Flucht gelingt.
Sie türmen durch die Hintertür und hinterlassen die Hebamme, für die jeder Rettungsversuch zu spät kommt.
Kurz, nachdem ich die Leiche der Frau entdeckt habe, höre ich die Polizei nahen, was mich dazu veranlasst, ebenfalls durch die Hintertür Richtung Wald zu laufen.

Ich verfolge die Fährte meines Artgenossen und stoße nach etwa vierhundert Metern auf eine Leiche. Es ist einer der beiden jungen Männer.
Wie schon zuvor, so ist auch ihm der Kopf abgetrennt worden.
Anhand der Fußspuren am Boden kann ich erkennen, dass der andere Sohn immer noch vor dem Vampir flüchtet.
Ich überlege, was ich nun machen soll.

Hinter mir kommen die Polizisten immer näher und vor mir lauern drei Vampire, die sehr erpicht darauf sind, mich tot zu sehen.

Da ich aber meine wahre Identität nicht preisgeben kann, entscheide ich mich, ebenso, wie der verbliebene Sohn, zur Flucht. Ich entschließe mich immer gerade soweit von meinen Verfolgern zu entfernen, dass sie mich immer noch erblicken können, und mir so immer weiter in den Forst hinein folgen, um so eventuell zu erreichen, dass sie den Tod den zweiten Filius verhindern können.

Tatsächlich ist es so, dass ich den Ort an dem mein Bruder und seine zwei Komplizen den Flüchtling töten wollen, erreiche, noch bevor ihnen dies gelingen kann.

Sofort kann Sebastian meine Anwesenheit riechen und dreht sich zu mir um.
Seine Augen glühen auf und seine Hauer sind vollends ausgefahren.
Wie ein kleiner, räudiger Straßenköter, der sein Fell stellt, um einer ihm völlig überlegenen Dogge Angst einzujagen, steht er da und tut so, als ob er eine Chance gegen mich hätte.

Jedoch ist dies nicht die Zeit ihn in seine Schranken zu weisen.

Da ich etwa zwanzig Sekunden stehen geblieben bin, sind die Polizisten nun schon so Nahe, dass sie mich mit etwas Glück hätten treffen können, falls sie auf mich schießen.
Zu meinem Glück aber haben sie die Hilferufe des jungen Mannes gehört, sodass sie sich nun vielmehr mit seiner Rettung, als mit meiner Verfolgung, befassen.
Sofort, als die Polizisten den Jungen und die drei vermeintlichen Mörder sehen, beginnen sie auf diese zu schießen, wobei sie beide Begleiter meines Bruders mit jeweils drei Treffern erwischen.
Da es den Vampiren aber nicht sehr viel ausmacht von gewöhnlichen Patronen getroffen zu werden, ist die Wirkung der Schüsse fast null.
Dennoch flüchten die Untoten nun, da sich am Himmel bereits eine leichte Morgenröte erkennen lässt.

Einer der Polizisten kümmert sich um den verletzten Mann, während die beiden Anderen weiterhin meinen Bruder und seine Freunde verfolgen.

Zu dieser Zeit laufe ich zurück ins Dorf, wo ich schnellst möglich mein Zimmer aufsuche, um vor dem aufkommenden Tag zu flüchten.
Was für eine Nacht.

Aber zumindest kann ich mir nun sicher sein, dass mein Bruder noch einen weiteren Mord begehen muss, um seinen Teil des Geschäftes zu erfüllen.
Ich habe also noch Zeit.
Mindestens bis zum Untergang der Sonne an diesem Abend.

Da der leuchtende Stern nun schon fast komplett aufgegangen ist, verschließe ich die Tür meines Zimmers und lege mich schlafen.

Kapitel 14

Alles wieder auf Anfang

Nachdem die Polizei nun mit eigenen Augen gesehen hat, dass weder Paul noch Thomas an den Morden der Hebamme und einem der beiden Smithsöhne beteiligt gewesen sind, fragen sie sich, ob einer der Beiden nun ein Auftraggeber zu den Tötungen gewesen ist, oder ob die beiden Herren wirklich nichts mit den Verbrechen zu tun haben.

Bis sie neue Erkenntnisse erlangt haben, lassen sie die zwei Männer nun wieder frei. Allerdings erhalten sie die Auflagen, dass sie sich alle zwei Stunden bei Leech melden müssen, und dass sie Zeugen benötigen, die beweisen, dass sie sich nachts im Haus des verstorbenen Bürgermeisters aufhalten und dieses nicht verlassen.

Nun stehen die Ordnungshüter fast wieder am Anfang ihrer Untersuchungen.

Nachdem sie die beiden Hauptverdächtigen entlassen haben, gehen sie zum Haus des Notares, wo sie mit Benjamin sprechen.
Sie erklären ihm, dass es unerlässlich ist, dass sie das Testament des Bürgermeisters in die Hände bekommen.
Der Bursche sagt, dass er es schon überall gesucht hätte, und dass er der Meinung sei, dass es irgendjemand gestohlen hat.
In diesem Moment fällt ihm auch ein, wer dieser Dieb sein könnte.
Lynx!
Da er ihr aber versprochen hat, dass er ihre Anwesenheit nicht verraten würde, spricht er diesen Verdacht nicht laut aus.
Stattdessen äußert er, dass es mit Sicherheit der zugezogene Thomas McGregor wäre, der hinter all diesen Taten stecken würde.
Weiterhin sei er der Meinung, dass es eh nur eines der Kinder des Bürgermeisters, oder eben der genannte Thomas sein könnte, der vom Tod der bisher Ermordeten profitieren könnte.
Die Polizisten erklären, dass sie das ebenso sehen würden, nur würden die Ereignisse der letzten Nacht, eben auch andere Möglichkeiten offen lassen.
Da dies aber interne Polizeiangelegenheiten sind, bitten sie, dass der Bursche sich weiter nach dem Testament umsehen soll, während

die Ordnungshüter versuchen die
Ereignisse der letzten Nacht, richtig
einzuordnen.

Benjamin verlässt somit die Polizei und geht
geradewegs zur Schenke, wo er sich Einlass
in Lynx Zimmer verschafft, und hier nach
dem Nachlassschreiben des Toten, zu suchen
beginnt.
Hierbei wirft er auch immer Mal wieder einen
Blick auf die schlafende Schönheit, die ihm
mit ihrer Zuneigung schon so viele
wunderbare Momente beschert hat.

Allerdings dauert es noch keine zehn
Minuten, bis er das Dokument in Lynx
Nachttischschublade findet.
Leise schleicht er zum Fenster, öffnet es
einen Spalt und beginnt es zu lesen.

Durch das einfallende Licht werde ich
geweckt.

Kapitel 15

Das Testament des Bürgermeisters (1)

Ich stehe auf, laufe zum Fenster und verschließe es wieder.

»Was ist hier los?«, frage ich wütend.

»Wieso hast du es gestohlen?
Die Polizei benötigt es, um den wahren Mörder zu finden!«, erwidert Benjamin.

»Das habe ich vorletzte Nacht mitgenommen, um es zu lesen.
Ich bin aber bis jetzt noch nicht dazu gekommen.«

»Dann lass uns das Fenster öffnen und wir lesen es jetzt.
Danach bringe ich es dann zur Polizei.«

»Lass das Fenster zu!

Ich habe eine seltene Krankheit, die es mir nicht erlaubt, direkt ins Tageslicht zu sehen. Wenn ich das tue, dann werde ich krank. Lass uns lieber eine Kerze anzünden«, erkläre ich und greife mir zwei der herumliegenden Wachsstäbe.

Nun reicht mir Benjamin das Dokument, ich legt es auf den Tisch und beginne es zu lesen.

Nachdem ich mich durch das Papier durchgearbeitet habe, teile ich die gewonnenen Erkenntnisse mit meinem Geliebten.
Ich erkläre ihm, dass ich recht gehabt hätte. Jacqueline Smith ist wirklich die langjährige Geliebte des Bürgermeisters gewesen und auch ihre beiden Söhne Max und Walter sind Kinder des Ortsvorstehers gewesen.
Alle sind in dem Testament mit einem beachtlichen Anteil vom Vermögen des Verstorbenen bedacht worden.

»Dann hat die Hebamme sterben gemusst, weil sie die beiden Kinder zur Welt gebracht hat?«, erkundigt sich Ben.

»Das kann gut sein.
Und der Notar hat wohl aus demselben Grund in die ewigen Jagdgründe geschickt werden müssen.«

»Dann bleibt nur noch der alte Stephen!
Was hat der denn mit der Sache zu tun?«

»Ich weiß es nicht, Ben!
Aber ich denke, dass wir das auch noch herausfinden werden.«

»Bring das Testament jetzt zur Polizei.«

»Was soll ich denen denn sagen, wo ich es gefunden habe?«

»Sag ihnen, du hättest es im Keller hinter einer guten Flasche Wein gefunden.
So wie ich diese Polizisten einschätze, werden sie dann keine weiteren Fragen stellen, da sie froh sein werden, dass es endlich aufgetaucht ist.«

»Das werde ich machen, Lynx.
Werden wir uns heute Abend wieder sehen, wenn es dunkel ist?«

»Sicher mein, Geliebter.
Wir müssen doch noch die wahren Mörder schnappen.«

»Weißt du denn schon, wer die Mörder ist?«

»Ja!«

»Und wieso sagst du deinen Kollegen nicht einfach, wen du unter Verdacht hast? Nicht, dass noch mehr Morde passieren!«

»Das ist zurzeit noch nicht möglich. Aber du kannst mir glauben, dass ich sofort, nachdem ich es kann, sagen werde, was ich weiß, und der Polizei helfen werde, den wahren Täter zu fassen.«

Benjamin sieht mich zweifelnd an.

»Ich glaube nicht, dass du von der Polizei aus Amerika bist, Lynx.
Irgendetwas verheimlichst du mir.
Kannst du mir dein Geheimnis nicht anvertrauen?
Ich schwöre dir, dass ich dich nicht verraten werde.
Das könnte ich gar nicht!
Ich ... ich ... ich liebe dich, Lynx!«

Als er Junge das sagt, bricht es mir fast mein Herz.
Wie gerne hätte ich ihm alles gesagt, hätte die wahren Mörder mit ihm zusammen gesucht, ihnen das Handwerk gelegt und wäre dann zusammen mit ihm in meine Heimat zurückgegangen, um mich dort Zeit seines Lebens, nur noch ihm zu widmen.
Aber es geht nicht.
Ich kann es ihm nicht anvertrauen.

Ich kann ihm die Wahrheit nicht sagen.
Ich wende mich von ihm ab und befehle:

»Bring das jetzt zur Polizei!
Wir reden heute Abend weiter!«

»Jawohl, meine Geliebte«, kommt es ihm kleinlaut über die Lippen.

Er greift nach dem Dokument und geht zur Tür.
Kurz bevor er sie öffnet, spreche ich ihn noch einmal an:

»Bitte vergiss nicht, dass du mir versprochen hast, dass du keinem, auch nicht der Polizei, von meiner Anwesenheit in diesem Ort erzählst!«

»Ja, Lynx.
Ich werde niemandem was sagen.
Ich habe es versprochen und ich werde mich auch daran halten.
Ich ... ich würde für dich sterben!«, sagt er und verlässt den Raum.

Als ich dies gehört habe, kommen mir die Tränen.
So gerührt bin ich schon lange nicht mehr gewesen.

Den Rest des Tages verbringe ich
gedankenverloren in meinem Bett.
Ich habe mir die Decke über den Kopf gelegt
und über Benjamin nachgedacht.
Ob ich ihn mir wandeln soll?
Wäre das in Ordnung?
Ich habe mir keine rechte Antwort auf diese
Frage geben können.
Ich bin am verzweifeln.
Ich will diesen Jungen so sehr!

Kapitel 16

Das Testament des Bürgermeisters (2)

Als Benjamin das Dokument bei der Polizei abgibt und den Fundort gemäß Lynx Vorgabe angibt, lesen sie es mit Erleichterung und kommen zu demselben Schluss, wie die Vampirin.

Nach diesem Schreiben ist es so, dass wohl Max das nächste Opfer des Mörders sein wird.
Sofort machen sie sich auf, den jungen Mann darüber zu informieren.

Als sie an Jacquelines Haus ankommen, müssen sie jedoch feststellen, dass der Filius nicht hier ist.
Aus Angst man könnte ihn bereits ermordet haben, brechen die Polizisten nun in das Gebäude ein und durchsuchen es.
Max ist nicht hier.

Da die Ordnungshüter aber noch Thomas und Paul besuchen wollen, bitten sie Jacquelines Nachbarn dem Sohn bescheid zu geben, dass er sofort nach seiner Rückkehr mit der Polizei in Kontakt treten soll.

Kurz darauf machen sich die Polizisten, mit dem Testament in der Tasche, auf den Weg zum Haus des verstorbenen Bürgermeisters.

Dort angekommen sitzen Paul, Virginia, Thomas und Maria am Frühstück.
Leech verliest das Dokument und stellt fest, dass Paul die Hälfte, Virginia ein Viertel und Max, da sein Bruder und seine Mutter tot sind, ebenso ein Viertel des Vermögens, des Verstorbenen erben werden.
Nun teilen sie mit, dass Max nicht gewusst hat, dass er ein Erbe des Bürgermeisters sein wird, weshalb er aus der Reihe der Verdächtigen ausscheidet.
Somit würden nur noch Virginia und Paul, als direkt Begünstigte, verbleiben, wobei man auch Thomas noch auf die Liste der möglichen Erben schreiben müsste, da er das Geld sehr gut brauchen könnte, um seine fälligen Schulden in London bezahlen zu können.

Als die Polizisten dies ansprechen, wird McGregor kreidebleich und schluckt.

Virginia, die von den Altlasten ihres Gatten nichts gewusst hat, sieht ihren Ehemann verärgert an und erkundigt sich nach der Höhe des fälligen Betrages.

Nachdem er ihn genannt hat, steht fest, dass die Höhe des Erbteils seiner Frau nur etwa halb so hoch wäre, wie die zu begleichenden Schulden.

Thomas erklärt jedoch, dass er auch Alleinerbe wäre, wenn alle anderen Tod sind. Aus diesem Grund wäre es doch ein Leichtes für ihn gewesen, als er seine Schwiegermutter getötet hat, auch die beiden anderen Familienmitglieder um ihr Leben zu bringen, da doch alle zur gleichen Zeit im Haus geschlafen hätten.

Smart will nun wissen, was er mit dieser Aussage erreichen möchte, woraufhin der Gefragte erwidert, dass er so seine Unschuld bekräftigen will.
Wenn er der Mörder wäre, dann hätte er in der Nacht der Ermordung von Frau Bürgermeister auch direkt seine Frau und ihren Bruder getötet.
Es gäbe doch keinen ersichtlichen Grund dafür, weshalb er diese hätte verschonen sollen.

Hierauf möchte Leech wissen, ob Thomas denn überhaupt den Inhalt des Testamentes gekannt hat, oder ob er ihn gerade eben zum ersten Mal gehört hätte.
Virginias Ehemann erklärt, dass der Verstorbene bereits einen Tag nach der Hochzeit seinen letzten Willen in die jetzige Form geändert hat, sodass alle Familienmitglieder gewusst haben, dass Thomas zum Alleinerben wird, wenn die anderen Mitglieder der Familie sterben.
Er räumt allerdings ein, dass der Verstorbene die Existenz weiterer Söhne verschwiegen hat, sodass er von deren Existenz eben erst erfahren hat, wie wohl alle im Raum befindlichen Personen.

Diese letzte Aussage wird von Paul und Virginia bestätigt.
Niemand in der Familie hätte gewusst, dass der Bürgermeister eine Geliebte und weitere Nachkommen gehabt hätte.

Daraufhin erklären die Polizisten nun, dass somit Paul der Hauptverdächtige ist.
Um sich zu schützen, beichtet der nun seine Neigung zum männlichen Geschlecht und nennt Leech den Namen seines Geliebten, der ihm für die Zeit des Mordes, an seinem Vater ein Alibi geben kann.
Weiterhin erklärt er, dass er auch an den Morden in der letzten Nacht nicht beteiligt

gewesen sein kann, da er diese ja in einer Zelle verbracht hat.
Smart erwidert Paul, dass die Polizei auch gar nicht der Meinung sei, dass er oder Thomas die Morde selbst begangen haben. Vielmehr wären sie der Überzeugung, dass die Morde durch Männer begangen worden wären, die man dafür bezahlt.
Hierauf sehen sich Paul und Thomas gegenseitig an.
Nach kurzer Zeit erklärt Thomas, dass er gar nicht über die Mittel verfügen würde, solche Leute zu bezahlen, woraufhin Paul fragt, woher er denn wissen würde, was solche Leute an Geld verlangen würden.
Nun gibt ein Wort das andere und die beiden Männer beginnen sich heftig zu streiten.
Als der Disput körperlich wird, gehen die Polizisten dazwischen und verlangen von beiden Männern, dass sie erneut mit zum Revier kommen sollen, wo man sie solange einsperren werde, bis sie etwas über die Identität der beiden Australier ausgesagt hätten. Weiterhin wollen die Beamten anhand ihrer Bankkonten feststellen, ob es irgendwelche ungewöhnlichen Geldbewegungen gegeben hat.

Als die fünf Männer nun das Haus des Bürgermeisters verlassen, regnet es wieder wie aus Kübeln.

Auf dem Weg zurück in den Ort durchquert der Einspänner der Polizei ein kleines Waldstück, wo zuerst Paul und dann auch Thomas die Flucht gelingt.
Da beide für diese Witterung geeignetere Schuhwerke tragen, als ihre Verfolger, kommt es dazu, dass Leech, Smart und McAlbride wegrutschen und so die beiden Flüchtigen ziehen lassen müssen.

Hierauf fahren die Ordnungshüter zurück in das Dorf und geben ein Telegramm auf, in dem sie Verstärkung aus London anfordern. Insgesamt sollen 25 Kollegen nach Fogwood kommen, um nach den beiden Männern zu suchen.

Die georderten Polizisten treffen kurz nach Sonnenuntergang in dem kleinen Dorf ein und beginnen sofort den Wald nach Paul, Thomas und dem immer noch verschwundenen Maximilian zu durchkämmen.

Kapitel 17

Ein weiterer Mord

Als die Sonne untergegangen ist, habe ich mich sofort auf den Weg in den Wald gemacht.
Benjamin, der mich wieder begleitet, sagt mir, dass die Polizei 25 Kollegen angefordert hat, die den Forst nach den drei vermissten Personen durchsuchen.
Es gilt also doppelte Vorsicht walten zu lassen, da ich nicht nur meinen Bruder finden muss, sondern auch aufzupassen habe, dass ich nicht von den Polizisten entdeckt werde.

Damit ich die Spur meines Bruders leichter finden kann, beginnen wir unsere Suche an der Stelle, an der Sebastian und seine Begleiter gestern Abend Walter getötet haben.
Wir folgen der Fährte und erreichen bald eine kleine Lichtung.
Der Wald um das Dorf macht seinen Namen mal wieder alle Ehre.

Man kann kaum seine eigene Hand vor Augen sehen.

Dann - plötzlich ein Geräusch!
Ich drehe mich um und da kann ich nun die roten Augen meiner Gegner sehen.
Sie kommen schnell auf uns zu und bleiben etwa fünf Meter vor uns stehen.
Ihre Augen glühen und ihre Hauer sind voll ausgefahren.
Benjamin fragt mich, was dies für Wesen wären.
Ich erkläre ihm, dass es sich bei dem Mann mit dem dunklen Mantel um meinen Bruder handelt.
Hierbei sehe ich ihn an und da auch ich meine Hauer und rot glühenden Augen zeige, schreckt er zurück und rennt davon.

Die drei Vampire treten nun unmittelbar vor mich.
Sebastian erklärt mir, dass er nur noch Max töten müsse, um seine Pflicht zu erfüllen.
Da ich weiß, dass dies nicht stimmt, spiele ich sein Spiel erst einmal mit und zeige mich verhandlungsbereit.
Ich bin mir ziemlich sicher, dass er entweder noch den Sohn oder die Tochter des Bürgermeisters töten muss, um seinen Auftrag zu erfüllen.

Als ich darüber sinniere, fällt mir plötzlich auf, dass ich einen wahrhaftig großen Denkfehler begangen habe.
In diesem Moment höchster Anspannung fällt mir ein, wer der Mann im Hintergrund sein muss!

Somit bin ich mir ziemlich sicher, den Fall gelöst zu haben.
Nun gilt es nur noch dafür zu sorgen, dass Sebastian seinen Plan nicht vollenden kann.

Ich stehe ihm und seinen beiden Begleitern gegenüber.
Dann nimmt einer der Handlanger meines Bruders Jacquelines verbliebenen Sohn hervor.
Er ist gefesselt und geknebelt.
Sebastian stellt sich vor ihn und hält ihm ein Messer an die Kehle.
Der Entführte schreit.

Ich frage meinen Bruder, weshalb er nun so eine Nummer abzieht.
Er hätte den Mann doch, ebenso wie die anderen Opfer, einfach ermorden können.

Hierauf erwidert er mir, dass er zwei Fliegen mit einer Klappe schlagen möchte.
Er hätte damit gerechnet, dass ich hier auftauche, um nach ihm zu suchen, und deshalb hat er eine Falle aufgebaut.

Ich sehe mich um und versuche die Falle
zu entdecken, kann aber nichts finden.

Ich frage ihn, was er meint und Sebastian
erklärt mir, dass ich das gleich sehen werde.
In dem Moment, als er dies sagt, höre ich
plötzlich die Polizisten, die den Wald
durchstreifen.
Sie kommen mit schnellen Schritten näher.
Sebastian schreit mit Max Namen nach den
Ordnungshütern und führt sie so an die
Stelle, an der wir uns derzeit befinden.
Nun tötet einer der beiden Vampire den Filius
und wirft seine Leiche auf mich.

Als die Polizei nun da ist, umstellt sie mich,
bittet mich langsam aufzustehen und den
toten Körper beiseitezulegen. Natürlich
komme ich der Bitte der Ordnungshüter
nach, lege den toten Körper beiseite und
richte mich langsam auf. Währenddessen
lasse ich meine Augen aufleuchten und fahre
meine Hauer aus. Hiervon sind die Polizisten
derart erschrocken, dass sie für einen kurzen
Augenblick ihre Konzentration verlieren und
ich sie mit ein paar schnellen, gekonnten
Tritten entwaffnen kann. Als Nächstes
versuchen sie mich zu ergreifen, was ihnen
allerdings nicht gelingt. Einen nach dem
Anderen ringe ich nieder und töte jeden
Einzelnen von ihnen, damit sie später nicht

von dem berichten können, was sie hier gerade gesehen haben.
Dann höre ich weitere Beamte den Tatort erreichen. Blitzschnell springe ich auf mein Pferd und mache mich davon. Ich mache mich an die Verfolgung meines Bruders und seiner Schergen. Ich verfolge sie quer durch den Wald, vorbei am Schwarzen Moor, bis hin zu der Lichtung, an der sich das Haus von Jack Miller befindet. Immer wieder bin ich nah dran, sie zu erwischen, aber jedes Mal sind sie mir diesen kleinen Tick voraus, sodass ich sie nicht erwischen kann. Dann beginnt die Morgendämmerung. Wir haben allesamt völlig die Zeit vergessen. In letzter Sekunde kann ich mich in einer kleinen Höhle verkriechen, wo ich nun den Tag über ausharren und hoffen muss, dass die Polizei mein Pferd nicht findet, welches in dem kleinen Erdloch keinen Platz findet. So binde ich es an einen Baum in der Nähe und warte ab.
Eigentlich soll ich mich ja am Morgen mit Benjamin in meinem Zimmer treffen, aber daraus wird nun definitiv nichts.

Kapitel 18

Das Ende rückt näher

Wie verabredet erreicht Benjamin Lynx` Gastzimmer kurz nach 10 Uhr. Leider kann der Jüngling seine Angebetete nicht entdecken. Nachdem, was er von den Vorfällen der Nacht gehört hat, macht er sich große Sorgen um seine Vertraute. Leider kann er keine weiteren Schritte unternehmen, da er kurz nach dem Erreichen des Schlafgemaches der Vampirin, von hinten niedergeschlagen wird.

Einen ähnlich schlechten Morgen haben auch die drei Polizisten des Ortes. Als sie an der Polizeistation ankommen, um ihre Berichte zu verfassen und weitere Verstärkung anfordern wollen, müssen sie erkennen, dass Virginias Bruder getötet worden ist. Man hat ihm das Haupt abgetrennt und es auf eine der beiden Eisenstangen, am Kopfende des Bettes, gesteckt. Von McGregor fehlt derweil jede Spur. Er ist ausgebrochen. Die Polizisten können sich nicht erklären, wie dies möglich

sein soll. Nun wissen sie aber, dass McGregor oder Virginia die Mörder, oder zumindest die Auftraggeber der Tötungen sein müssen.
Noch bevor sie weitere Schritte einleiten, machen sie sich auf den Weg zum Haus des ehemaligen Bürgermeisters, um bei dessen Tochter nach dem Rechten zu sehen.

Dort angekommen wecken sie Virginia gerade erst auf. Sie erklärt den Polizisten, dass sie eine unruhige Nacht gehabt hätte. Dass das Mädchen fast die ganze Zeit an ihrer Seite gewacht hat und sie somit ein Alibi für die Vorkommnisse hätte.
Nachdem sie das Mädchen befragt und dieses die Aussagen ihrer Herrin bestätigt hat, sind sich die Beamten nun sicher, dass es sich bei dem Mörder um McGregor handeln muss. Sie müssen also nur noch bei Virginia warten, bis sich der oder die Mörder hierher begeben, um die junge Frau zu töten.
So schmieden sie einen Plan, wie sie den oder die Täter in eine Falle im Haus locken wollen.

Zur gleichen Zeit erwacht Benjamin aus seiner Ohnmacht. Zuerst ist alles sehr verschwommen, aber als er wieder klar sehen kann, kann er erkennen, dass er sich im Haus von Jack Miller befindet, wo er kürzlich schon einmal mit Lynx gewesen ist. Er ist gefesselt und geknebelt an einem Stuhl festgebunden.

Gegen Mittag öffnet sich die Tür zum Nachbarraum und herein tritt McGregor. Im ersten Moment ist Ben glücklich, das wohlbekannte Gesicht zu sehen, da er ja nicht weiß, wie tief der Dorfbewohner in die Sache verwickelt ist.

Dies wird ihm aber sehr bald bewusst, als er eine sehr unsanfte Behandlung durch den älteren Mann zu spüren bekommt. Er schlägt ihn mit einer Peitsche und gibt ihm etliche Ohrfeigen, mit denen er erreichen möchte, dass Benjamin ihm berichtet, warum er in Lynx Zimmer gewesen ist, ob er mit der Vampirin gemeinsame Sache macht, und vor allem möchte der Entführer wissen, wo sich die Dokumente befinden, die er oder Lynx aus dem Hause des Notars gestohlen haben.

Nachdem er einige Prügel eingesteckt hat, wird Benjamin redewillig. Allerdings möchte er von seinem Peiniger wissen, warum dieser so hinter den Dokumenten her ist, und woher er denn nun Lynx kennen würde.

Da er sich in Sicherheit wähnt und sein Plan kurz vor der Vollendung steht, klärt McGregor seinen Gefangenen über den Plan und dessen Grund auf.

Er berichtet Benjamin, dass er der letzte lebende Nachkomme von Jack Miller sei. Er hat die Morde an der Bürgermeisterfamilie befohlen, damit er das Land und die

Besitztümer zurückerhält, die der Staat seiner Familie nach den Jack Miller Morden enteignet hat.

McGregor erklärt weiter, dass er einen Pakt mit Lynx Bruder geschlossen hätte, indem es darum geht, dass er sich seines Blutes bedienen dürfe, um so seine genetische Mutation zu aktivieren, und dass McGregor im Gegenzug von Sebastian ebenfalls in einen Vampir gewandelt würde, um so ewiges Leben zu erhalten.

Benjamin kann nicht glauben, was er da hört.

Jetzt möchte Thomas nicht weiter reden, sondern endlich ein paar Antworten auf seine Fragen erhalten. Dieser denkt kurz nach und erzählt dann, was er weiß. Dies ist allerdings nicht sehr viel. Er erklärt, dass er die Unterlagen aus dem Haus des Notars nicht gestohlen habe, und dass er sie bei Lynx im Nachttisch wieder gesehen habe. Dass Lynx hier ist, um ihren Bruder aufzuhalten, ob das nun mit der Mutation zu habe, oder nicht, das kann er nicht sagen, weil er mit Lynx nicht darüber gesprochen hat. Dann möchte der Entführer wissen, ob Benjamin denn wüsste, wo sich die Vampirin derzeit aufhält, was er wahrheitsgemäß verneint. Er führt aus, dass sie eigentlich in ihrem Zimmer verabredet gewesen wären, dass sie aber, wie Thomas ja selbst wüsste, nicht da gewesen ist.

McGregor, der sich kurz vor der Vollendung seines genialen Planes wähnt, wird ärgerlich und nervös. Es darf jetzt nichts mehr schiefgehen. Es muss Sebastian gelingen Virginia zu töten, damit sich der geschlossene Pakt erfüllen kann. Denn nur so kann er dem Irrenhaus, oder gar dem Galgen entgehen.

Aber ebenso wie den Polizisten, bleibt auch McGregor nichts anderes übrig, als die nächste Nacht abzuwarten.

Kapitel 18

Das Ende

Als die Nacht über Fogwood Village einbricht, komme ich, ebenso wie mein Bruder und seine Begleiter, aus meinem Versteck. Ich verlasse die Höhle, besteige mein Pferd und mache mich auf, die Fährte meines Bruders wieder aufzunehmen, um ihm und seinen Begleitern zu folgen. Wie zu erwarten ist, findet mein Weg vor den Toren des Hauses, des verstorbenen Bürgermeisters, sein Ende. Ich steige von meinem Pferd ab und schleiche mich zu Fuß über den großen Vorgarten des Hauses, an einen der vier Balkone des Herrenhauses heran, und springe auf einen solchen. Hier platziere ich mich neben einer der Türen und Blicke in einen leicht belichteten Raum hinein. Mit meinen guten Ohren lausche ich den Gesprächen im Inneren des Hauses, sodass ich feststellen kann, dass sich sowohl die drei Polizisten als auch Virginia in diesem Zimmer befinden. Mein Bruder hält mit seinen zwei Schergen im Nachbarraum auf.

Da dieser aber längst von meiner Ankunft erfahren hat, ändert er seinen Plan dahingehend, dass seine Begleiter sich aufmachen sollen, Virginia zu töten und ihren Kopf mit zum Haus des Mörders Jack Miller zu nehmen. Er wird sich im entstehenden Tumult bereits vorher aufmachen, das Haus zu erreichen.
So soll es gesehen und es geht alles ziemlich schnell.

Virginia hält sich in ihrem Kleiderschrank, neben der Zimmertür, auf, während sich im Bett ein paar aufgestapelte Kissen und ein Kürbiskopf befinden, die dem vermeintlichen Mörder McGregor in die Irre führen sollen. Leech und Smart stehen hinter den Vorhängen am Fenster und der Dorfpolizist hat sich neben dem Kleiderschrank platziert, sodass er sich von hinten an den Mörder heranschleichen kann.
Leider ist es aber so, dass die beiden Vampire den Aufenthaltsort aller Personen im Raum erkennen und auch riechen können. So brechen sie blitzschnell in das Zimmer ein und einer der beiden erschießt die beiden Polizisten hinter dem Vorhang, während der Andere den Schrank aufbricht, Virginia am Schopfe packt und ihren Kopf mit seiner scharfen Klinge vom Körper trennt.
Erschrocken und überfordert eröffnet der Dorfpolizist das Feuer auf den Mörder seiner

Kollegen, an dem die Treffer aber einfach abzuprallen scheinen. Als er dann noch die leuchtenden Augen der Eindringlinge erblicken muss, lässt er seine Waffe fallen und somit ist auch sein Schicksal besiegelt.
Die Einbrecher greifen sich den Kopf der toten Frau und machen sich auf, das Gebäude wieder zu verlassen. Auf ihrem Weg nach draußen versuche ich sie aufzuhalten und den beiden den Kopf zu entreißen, was mir aber nicht gelingt. Die beiden Vampire entkommen und machen sich auf den Weg zu Jack Millers Haus. Ich besteige mein Pferd und verfolge sie.
Als ich erkenne, welchen Weg die beiden nehmen werden, zweige ich ab, um vor ihnen an einer kleinen Brücke anzukommen, die ich zerstören möchte, um mir einen kleinen Vorsprung zu verschaffen, und so die Erfüllung des Paktes zu verhindern.
Gesagt – getan.
Kurz bevor die beiden Vampire die kleine Brücke erreichen, gelingt es mir, das hölzerne Bauwerk zum Einsturz zu bringen, indem ich einen der tragenden Pfeiler wegziehe.
Mit einem gewaltigen Sprung, aber ohne mein Pferd, überquere ich die tiefe Schlucht, während meine Verfolger mit ihren Reittieren in die Dunkelheit herabfallen.

So habe ich nun den Vorsprung, den ich benötige, um meinen Plan in die Tat umzusetzen.
Mitten in der Nacht erreiche ich Jack Millers Haus. Es ist nicht beleuchtet, aber ich kann meinen Bruder riechen. Was anders herum natürlich auch bedeutet, dass er mich ebenso wahrnehmen kann. Da es aber keine Alternative gibt, schleiche ich mich an die Hintertür des Holzgebäudes heran und betrete es. Ich hoffe, dass Sebastian weiß, dass ich mich hier kürzlich aufgehalten habe und dass sich mein Duft deswegen so stark wahrnehmen lässt.
Ich befinde mich in der Küche, greife mir eine der gusseisernen Pfannen und schleiche weiter. Ich erreiche die Tür zu dem Raum, in dem sich Sebastian, McGregor und Benjamin befinden, und lausche. Ich kann hören, wie mein Bruder mit seinem Komplizen auf das Gelingen ihres teuflischen Plans anstößt und sie sich bereits als Sieger feiern.
Dann stoße ich die Tür auf, schaue mir Sebastian heraus und schlage ihn mit der Pfanne nieder. McGregor springt auf und stellt sich mir entgegen. Er zieht ein Schwert und hält es an meine Kehle.
Während dieser Bedrohung teile ich meinem Gegenüber mit, dass der Pakt nicht erfüllt werden kann, da die beiden unfähigen Schergen seine Frau nicht getötet hätten. Vielmehr hätte ich die beiden Vampire ums

Leben gebracht und Virginia würde sich in Sicherheit bei der Polizei befinden.
McGregor ist einen Moment lang irritiert, erklärt aber, dass es nicht sein kann, dass es einen sicheren Ort für seine Frau geben würde. Sebastian hätte ihm genau erklärt, wie so eine Sache ablaufen wird, und dass es kein Entrinnen für seine Schwester geben kann. Sie werde sterben - so oder so.
Da sich mein Gegenüber also nicht verunsichern lässt, muss ich mir etwas anderes überlegen.

Gerade in diesem Moment erreichen die beiden Mörder von Virginia das Haus und betreten es. Sie entdecken den bewusstlosen Sebastian, erblicken mich und werfen den abgetrennten Kopf, den sie mit sich führen, auf den Tisch.
Durch das einfallende Mondlicht kann Thomas erkennen, dass auch das letzte Mitglied seiner Familie ermordet worden ist. Nun ist der Weg zum ewigen Leben frei.
Jedoch ist er von der Gewalt dieses Momentes kurz abgelenkt, sodass ich ihm das Schwert aus der Hand schlagen kann, es ergreife und es ihm nun seinerseits an die Kehle halte.
Schnell wollen Sebastians Helfer ihrem Verbündeten noch zur Seite stehen, aber dann ist der Kopf des Mannes auch schon

vom Torso getrennt und kullert auf den Boden.
Geschlagen greifen sie sich meinen bewusstlosen Bruder und ziehen davon.

Nun habe ich meine Aufgabe ein weiteres Mal erfüllt.
Nach einem Moment des Durchschnaufens wende ich mich dem gefesselten Benjamin zu. Ich befreie meinen Geliebten und erkundige mich, wie es ihm geht. Dann geben wir uns intensive Küsse.

Nachdem nun eine leidenschaftliche Handlung die Nächste zur Folge hat, bittet der Jüngling mich, dass ich ihn beißen soll, damit wir bis zum Ende der Ewigkeit zusammen sein können.
Da ich emotional so erregt bin, gebe ich mich ihm aber erst einmal hin – ohne auf seinen Wunsch einzugehen.
Wir lieben uns sofort, hier auf dem Tisch, neben dem abgetrennten Kopf. Immer intensiver lässt mich der Jüngling seine Manneskraft spüren und noch während er mir seinen Liebessaft schenkt, greife ich nach dem Schwert und enthaupte ihn. Leider ist es nicht möglich, dass ich jemanden aus dem Dorf mitnehme, da das Verschwinden des jungen Mannes, ohne dass man seine Leiche finden würde, zu viele Fragen für die Menschen aufwerfen wird, die sich mit all

diesen Morden beschäftigen werden. Ich möchte auch nicht, dass sich eine weitere Legende um das Haus des Jack Miller bildet. Ich bleibe noch einen Moment auf seinem Körper liegen und labe mich an seinem jungen, gesunden Blut und sauge ihn aus – soweit es mich dürstet. Dann erhebe ich mich, um erneut der Spur meines Bruders zu folgen ...

... und die Menschheit vor ihrem Untergang zu bewahren ...